河出文庫

罪深き緑の夏

服部まゆみ

河出書房新社

目次

登場人物

山崎淳《じゅん》……主人公
山崎太郎……淳の兄、画家
山崎四郎……淳の父、画家
山崎静……淳の母
鷹原《たかはら》絹代……蔦《つた》屋敷の女主人
鷹原翔《しょう》……絹代の孫、作家
鷹原百合《ゆり》……翔の妹
鷹原由里香……翔の娘
福さん……鷹原家の使用人
豊さん……鷹原家の使用人、福さんの妻
美樹《みき》さん……鷹原家の使用人
山野さん……山崎太郎の友人、画家
元子さん……山野さんの愛人
三谷さん……三谷画廊の経営者
三谷春江……三谷さんの妻
三谷恭平《きょうへい》……三谷さんの息子
コンスタン・クラコ神父……鷹原兄妹の友人
中川先生……鷹原家の家庭医
幸子さん……美術大学の学生

罪深き緑の夏

私の思い出は虫入りの琥珀の虫

…………三島由紀夫〔サド侯爵夫人〕

夏

——母と共に熱海《あたみ》に着いた時、十二歳だった僕にはまったく事情が判っていなかった。——父の〝奥様〟が危ない、夏を越せそうにない、ということで、母と僕に会いたがっている、礼儀正しくしなければいけない——それだけを繰り返し言われ、土産物屋の並ぶ駅前広場に出ると、時々、父の使いとやらで家に来ていた武さんと呼ぶ小父《おじ》さんが待っていて、僕らは父の別荘に連れて行かれた。そこは遠足で行った高尾の山よりも山奥といった感じで舗装の切れた所で車を降ろされると、夏草の生い茂る石段と左手には巨大な蛇のように茶色の土道が山の向こうへ曲がりくねって消えていた。緑の中に家はほんの数軒、点在してあるばかりで、父の別荘もその石段の半ばに木立に飲み込まれるようにしてあった。

日晒《ひざら》しの石段は熱く焼かれ、草いきれと土の臭い、降るような蟬《せみ》の声は東京の、それも小さなアパートの部屋と小学校を結ぶ商店街だけが生活範囲だった僕が初めて味わう猛々しい〝夏〟という自然だった。武さんに手を引かれ、足下に縮こまった濃い影を踏みながら三十段ほど登ると、僅《わず》かな平地となり、父の別荘の前だった。そこから先は木立が鬱蒼《うっそう》とした闇を作り、その中を幅の狭くなった石段がなおも上へ上へと伸びている。門を潜り、木の下《こした》闇の玄関先で僕は初めて兄に会った。一瞬だったが射すような瞳はすぐに僕から逸《そ》らされ、武さんの〝お兄様ですよ〟の言葉におずおずと母がした挨拶にも答えず、高校の友人だという兄とは背丈以外、何から何まで対照的な、もっさりとした大男と出て行ってしまった。

クーラーのきいた応接間で冷たい麦茶と相好《そうごう》をくずした父に迎えられ、ほっとしたのも束の間、父の〝奥様〟という女《ひと》に会わされた。

当時、六十三歳だった父より、八歳下だと後で聞いたが、病のせいか、幼い僕の目にはすごいおばあさんに見えた。

この十年、大概寝たきりという体は、布団の膨らみもほとんど見えず、日の届かぬ部屋の奥は外の獰猛な日射しとは全く無縁の、澱《よど》んだ空気を漂わせ、〝枕元に〟と言われても、すぐには近寄り難い、異質のものを僕に感じさせた。今にして思えばそれは、どっしりと腰を据えた死の影だったのかもしれないが、それは僕を怖じ気立たせ、母に促されて漸《よう》う近付くと、這《は》うようにして布団から出された細い手が僕の手を触った。少し汗ばんだ、それでいて冷たい手は思いもかけぬ力で僕の手を握り締め、〝良い手をしている〟と、言った。びっくりして手を引き、その女《ひと》を見ると、弱々しく笑いかける、優しい顔だった。〝四郎さんと同じ手ですよ。きっと四郎さんと同じくらい偉い画家になれる〟――その時、横で畳に付くくらい頭を下げていた母の背が揺れた。八の字に合わせたしなやかな指に涙が伝うのを見て、僕は逃げるように手を引っ込めたのがいけなかったのかと思い、慌てて母のように頭を下げた。

〝お会いするのが遅すぎたかもしれませんね。私がいるために貴女《あなた》も辛かったでしょう。後をよろしく頼みますよ〟……ゆっくりゆっくり流れるように話すその女《ひと》へ、声にならずにただ頭を下げ続ける母を後に、僕だけ武さんに連れられて部屋を出、そのまま夕食の時まで一人、縁側で暮れゆく山や海、そして雀を見ていた。

最初のその日以降、僕はその女《ひと》には会わされず、ただ母の方はその部屋に行ったきり、夜しか側に来てくれなかった。

子供の頃の五歳の差は余りに大きく、高等学校の二年という兄は、殆《ほと》んど家に居ることもなく、たまに顔を合わせても、母も僕もまるで目に入らぬかのように振る舞った。父だけは側へ行けば、描く手を休めて、笑顔で相手をしてくれたが、〝あまりお仕事の邪魔をしてはいけない〟と、母に言われてからは、父に貰ったスケッチブックに見様見真似で山を描いたりしていた。片方の足が不自由で、引きずるようにして歩く父は、余り外出もせず、一日の大半を奥の八畳間でキャンバスと向き合っていた。しかし、〝男の子は家の中にばかりいるもんじゃない〟と、父の指図もあり、武さんが捕虫網を買ってきてしまい、いやいや玄関を出た途端、棒だと思っていたものが動き出し、赤茶色の蛇だと気付いた時は武さんのお嫁さんだという台所をしている喜代さんにしがみついており、大声で笑われてしまった。

家の中にも広げた手よりも大きい蜘蛛《くも》がいたり、風呂場にはよくゲジゲジがいた。一度なぞ、違和感を感じて履こうとした靴から足を抜いた瞬間、大きな百足《むかで》が踊り出て、悲鳴を上げてしまった。

本とプラモデルで過ごしてきた日常と、この山の家は余りにも遠く、初めて接する生き物たちに僕は恐れ慄《おのの》いた。それでも、四日、五日と経るうちに、〝襲ってはこない〟それらのものに、少しずつは慣れ、夜、部屋に飛び込んで来るクワガタや甲虫《かぶとむし》、真っ青な大きな蛾に見惚《みと》れたりもした。

しかし、自然や生き物を楽しむにはあの頃の僕は臆病すぎたし、本の冒険にしか親しんでいなかった者には生の自然は怖いだけだった。〝一冊でも本を持ってきていたら〟と、悔やみながらも、母にすら〝要求する〟という事が出来ず、父からの電話で慌ただしく出てきた東京の部屋がつい目に浮かんだ。


一週間ほど経ち、単調な生活にも飽き飽きした昼食後、僕は台所で喜代さんの側にいた。

広げた新聞紙の隅に青々と一山、太い枝から鈴なりの枝豆だった。喜代さんは一本取っては鋏《はさみ》で手早く新聞紙の上に莢《さや》を落としていったが、これなら僕にも出来そうだった。

武さんは僕がここに来た翌日、捕虫網を買って来たその足で、〝東京の本宅〟に〝動物の世話〟とかで戻ってしまい、唯一話し相手になってくれる喜代さんに、この数日、僕はまとわりついていた。

ばらばらと零《こぼ》れ落ちる莢の山に徐々に侵されながらディズニー映画の広告が出ていた。

僕の目線を追った喜代さんが「ああ、眠れる森の美女ね。町の映画館でやってるわよ。淳《じゅん》ちゃん観たいんでしょ」と、からかうように言った。

「観たくなんかないよ！」

こんな女の子向けの映画なんて……と、続けようとして僕は言葉を呑んだ。こんなの！　と思う一方で（観たい）という気も少しはあったからだ。この矛盾した感情に赤くなった僕をからかうように喜代さんの声が追った。

「お姫様、綺麗だもんね。淳ちゃんもやっぱり男の子ね」

「何が綺麗で、淳ちゃんが男の子だって？」と、言いながら山野さんが入って来た。

初めてここの玄関で顔を合わせた時はまるで王子に仕える守護兵のようだったが、ごつい外観に似ず気さくで優しく、ぽつねんとしている僕にもよく声をかけ笑わせてくれたりした。父の弟子でもあるらしいが、あの頑丈な手で絵筆を持つとは到底思えず、兄と同年というのも信じられず、まるで大学の応援部か柔道部の学生のようだった。

「いえ、淳ちゃんがこのお姫様に……」

「ほんとに観たくなんかないよ！」――ますます顔に血が昇ってくるのを感じながら、僕はそういう顔を見られたくなく、気が付くと台所を飛び出していた。

夏の午後だというのに家の中は暗くひんやりとさえしていて、鋏のぱちんぱちんという音が背後でする以外、奥に居る父や母やあの女《ひと》の気配すら感じなかった。

「ところで太郎見ませんでしたか？」

——山野さんの野太い声が聞こえて来る。

行く当てのない僕は台所に引き返すのも気が引けて、のろのろと玄関で靴を履き始めた。ここへ来る前、母が下ろしてくれた新品の皮靴は山道には向かず、紐を結ぶにも時間がかかったが、僕の今の履物はこれしかなかった。すぐ横に一つ、遥か彼方に一つ、山野さんのスパルタの兵士の履くようなサンダルが転がっていたが、半分潰れ、変色した厚い皮はいかにも男の履物といった感じで、ぴかぴか光る華奢な靴の紐と格闘している僕自身、変に女々しく感じられ、これから夜までの長い時間をも思うとだんだん気が滅入って来ていた。

「よ、淳ちゃん。外行くの?」

言い終わると同時に山野さんはもうサンダルを突っかけ、外に半分踏み出していた。

「一緒に行ってもいい?」——僕はまだ紐をいじったまま声をかけた。どこへ行くのかしらないが、独りでうろうろしているよりはましだ。

「いいけど……登りきついよ。君の兄貴はまた僕を撒《ま》いて先駆けしてるらしい。百合姫《ゆり》に御執心でね。ん? 知らないの? 上の洋館のお嬢さんだよ。僕も負けちゃいられない訳だ。さっきのディズニーのお姫様より綺麗だぞ。どうした?」

「僕……行かない」——また目線を靴に戻しながら僕は言った。どうしてこの紐はこんなに結び辛いんだろう。

「そっか……」半分ほっとしたような山野さんの声。「そっか……淳ちゃん、蛇怖がってたからな。下の階段より上の階段の方が出るんだ。相当あるしね……じゃ、またね」

顔を上げるとまた僕独りだった。僕が山野さんに付いていけば兄が嫌がるような気がした。外へでるとまたぎらぎらした陽射しと蟬の声——山野さんの後ろ姿が上の緑に消えていく所だった。（上の洋館……）——〝蔦《つた》屋敷と呼ばれてね……まぁ、西洋のお城のような家だよ〟と武さんが言っていた（洋館）というものを見てみたい気もしていたが、今までは欲望よりも恐怖の方が大きかった。まず何よりも蛇が怖かったし、この鬱蒼とした緑に隠れた石段が一体どこまで続いているのか見当もつかなかったからだ。〝相当ある〟と山野さんは言った。だのにあんなにずんずん登って行ってしまった。あんな素足で。蛇なんて何でもないのだろうか。

小刻みに急な傾斜を作っている石段を見上げながら、思わず最初の段に足をのせているのに気付いた時、一瞬蟬の声が消えた——誰が見ている訳でもなく、洋館もその時の意識にはなかったが、（足を引くまい）と思った。僕の僕への挑戦……僕自身の意地だった。

すいすいと足を運べた訳ではない。それは家の右手の下り階段よりももっと長く伸びて緑の中に没していた。下の階段は日に晒され、その先の土道も空き地も余所《よそ》の家も目に入ったが、この階段は木もれ日の踊る斑《まだら》の石も雑草に殆ど埋めつくされ、両脇に広がる木立も家の屋根を見下ろす辺りから一層深く大きく、覆い被《かぶ》さっていた。

（蛇……蛇……蛇……）頭の中を大小様々な蛇が駆け巡り、蟬の声も風の音も遠ざかり、足下の石段を一段、そしてまた一段と心とは裏腹に進めることだけがその時の僕に課せられた最大の義務だった。

父の家の瓦屋根がついに木立に隠れて見えなくなってしまっても洋館の影すら見えず、石段は果てしなく緑の暗がりに伸びていた。脇の茂みに垂れ下がっていた山芋の蔓《つる》を取るのはまた一苦労だったが、その強靭さは手にした時、より頼もしく感じられ、振り回すと雑草が飛び散り、その音と草の香りは僕の中に思ってもいなかった戦士を出現させた。

鞭《むち》を振り回しつつ、百一、百二、百三、百四……と、声を張り上げて登るのは、息切れが強くなる分辛かったが、やはり戦士になっても、波打つ胸の苦しさよりも、蛇への恐怖は大きかった。ここへ来て最初に見たあの赤茶色の蛇、あれぐらいならもう喜代さんにしがみつくなんて醜態は演じない。しかし一昨日見た青大将……あれは直径十センチはあった。でんと石段の一つを丸々専有し、頭も尾も両脇の叢《くさむら》に没していたが、あんなのがまた現れて、それこそ鎌首《かまくび》でも持ち上げたら……右手の熊笹《くまざさ》の茂みにはいかにも何か潜んでいるようだし、左手の羊歯《しだ》の揺れ方も不自然だった。二百十五、二百十六……一層声を張り上げ、鞭を振り回し、そして僕はへとへとだった。汗が目に入り、拭うことも忘れ、霞《かす》んだ石段になおも目を凝らしつつ、一体どれだけ登ったことだろう。そして足は鉛のごとく重くなり、鞭を振る右肩はぎくぎくと油が切れたようだった。そして……そして突然、石段は砂利道に辿り着き、頭を上げた僕の前に石の館が聳《そび》えていた。

その時あの青大将が前を滑っていっても僕は気が付かなかったろう。それは……今までに見た洋館と呼ばれるもの……白壁や赤い煉瓦、ふらんす窓とかいう縦長の窓、明るくモダンなそれらのものとは全く異なっていた。

邪悪な目のように三角の、対の暗い出窓を持つスレート屋根の下は、一面の蔦で青みがかって見えたが灰色の石造りだった。耳のように左右にとんがり屋根の塔が付き、中央の鼻のように突き出した小さなバルコニーの下は石垣に邪魔されて見えなかったが、いかにも陰鬱に、居丈高に聳えるその姿は余りにも冷たく、車一台、通れるほどの砂利道を横切るのは、石段を登ろうと決めた時と同じぐらいの決意を僕に要した。

苔や羊歯で覆われた石垣は、近付くと砂利道からまた数段の石段を見せ、その先に槍を並べたような鉄の門があった。そしてまた中にも階段、そしてその先は黒い扉……（来なければよかった）――ようやく陽の光りの中に出たにもかかわらず、悪寒が背筋を走った。それは汗でぐっしょりと濡れたシャツとは断固無関係だった。陽射しは容赦なく僕を焼き、暑さと疲れと何とも言い難い恐怖で、目は霞み……真夏の白い光りに屋根は溶け……形を失い……と、僅かに残った塔の窓からきらめく光りが走った。ひらひらと舞い落ちる紙……それが漸《ようや》く純白の鳩だと気付いた時、屋敷も元に返り、そして〝誰……〟と、間近な声を耳にした。

鉄の門の向こうに僕より少し背の高い少女がいた。

「百合……さん?」

思わずつぶやいてしまったことを後悔する間もなく、少女はうなずき、〝下の家の子?〟と言われて僕もうなずいてしまった。

「ふうん、あの人にあんたみたいな弟さんがいたの」

少し横柄なものの言い方は引っかかったが、またその少女の雰囲気とも合っていた。確かに山野さんが〝百合姫〟と言ったように、まるでお姫様のようにつんと澄まし返り、しかも綺麗だった。

「お兄さんを迎えに来たの?」

慌てて首を振ると少女はやっと微《かす》かな笑みを浮かべ、口許《くちもと》のえくぼは初めてさして歳の違わぬ少女の表情となり、幾らか僕を安心させた。

「まぁ、いいわ。おちびさん。私、独りでいたくないの。お入んなさい」

「でも……」——僕は口籠もり、ようやく続けた。「でも、僕、兄さんとは会いたくない」

「大丈夫。私たち誰にも会いやしないわ。今は秘密の時間なの。いいでしょ?」——またあの微笑を浮かべると少女は扉を開いた。

おずおずと入った僕は正面の扉の前でまた怖じ気づき、立ち止まってしまった。扉に触れるほどの側に来ると、館はのしかかって来るほどに大きく、ますます威圧的な感じにみえた。目の前の扉ですらアパートのドアの六つ分ぐらいあり、僕の目の高さから順に三段の鉄板が張られ、菱形の鋲《びょう》が打たれていた。そして全く手の届かない所に怪獣の頭が突き出し、そのグロテスクな鼻から鈍い光りを放つ鉄の輪が下がっている。扉の周りの石壁にも恐ろしい顔が刻まれ、僕を睨《にら》み、僕を威《おど》し、僕を無視していた。——見惚《みと》れている僕の袖を引くと少女……百合は館の右手に回り、普通の大きさ……と、いってもやはり鉄鋲の打たれた、本の挿絵でしか見たことのないようなドアを開け、「私を捕まえて！」と、姿を消した。

そこは丸い塔の中でぼんやりとした光りの漂いに螺旋《らせん》階段の登り口があるきりの狭い空間、百合の駆け登る足音だけが上の方で反響している。追うことしか残されていなかった。そして……そして、遠い、或《ある》いは近い、靴の響きだけを頼りに螺旋の階段を駆け登り、開いたドアを潜り、がらんとした幾つもの部屋を彷徨《さまよ》ううち、僕の頭は麻痺《まひ》してしまった……見捨てられた部屋の数々……黄ばんだ白布で覆われた家具……ほこりで影のようにしか姿の映らない鏡……裏返され、壁に立てかけられた絵画……剝《む》き出しのマットレスだけの箱型寝台……足の折れた椅子……鼻の欠けた彫像……ある部屋は暗く黴《かび》の匂いで充満し、ある部屋は陽光に晒されほこりが舞っていた……そうして僕の頭をますます混乱させるように開かれたドアと靴音……微かな笑い声……ようやくドアの向こうに消えた白いドレスの残映に突進すると、狭い内廊下の手すりから危うく僕は落ちそうになった。

そこは館の内庭で僕の居るのは三階の廊下、ぐるりと囲まれた内庭は無人で剝げた芝生の上を二羽の孔雀《くじやく》が猫のような泣き声を上げてうろついている。見上げると箱型に切られた夏空は青く輝き、やっと胸にした外気も爽やかだったが、閉ざされた内庭の孔雀同様、僕も囚われの身、永遠にこの館から出られないような気がしていた。(ずっと……この無人の部屋を、廊下を、あの娘《こ》を追って彷徨い続けるんだ)――そんな悪夢にも似た不思議な確信に襲われ軽い目眩にしゃがみこんだ僕は、それが決して不快な悪夢ではなく奇妙な陶酔感に代わっていくのに驚いていた。そうして汗に濡れた体の内側を波のように悪寒が走り抜け、僕は勃起していた。生まれて初めてのエロスの神との出会いだった。

「何をしてるの……おぐずなちびさん!」

向かいのドアから顔を出した百合目がけて猛然と駆け出した僕は自分自身の変化に混乱し、また幾つかの部屋を抜け、階段を下り、外へ飛び出すと百合に飛びかかった!

そこは茨《いばら》の茂みで、のしかかった僕の重みで彼女の体は茂みに沈み、刺《とげ》が百合の頬を掠《かす》り、僕の手を掠り、双方の肌にルビーの連なったような傷を作った。

〝キスして……〟と、聞いたのは幻聴だろうか? しかし、思わず見張った目の下で魅惑的な瞳は閉ざされ、花びらのような唇は蕾《つぼみ》となって差し出されていた。一瞬の戸惑いに身を固くした途端、開かれた瞳は嘲《あざけ》るように僕を見据え、〝どうしたの? おちびさん。お兄様はいつもして下さるわ〟とつぶやいた。

兄! 僕の混乱は覚め、慌てて身を引いた耳に再び蟬の狂ったような鳴き声と風の音、そして夏草の匂いや咲き乱れる花の濃厚な香りが振りかかってきた。そこは真夏の太陽に晒された荒れはてた庭の片隅で、背後には館が、目の前には大人のような笑みを浮かべた少女がいた。そして草原と、逆光に黒く浮かぶ山林……（僕はいったい何をしているんだろう）蘇った暑さの中で再び軽い目眩に襲われながら、とんでもないことをしているような恐怖に身をすくませ、一刻も早くここを逃げ出し、家に帰りたくなった。

「立てよ……お立ちよ……」僕は少女に手を差し延べ「帰るよ」と言った。

立ち上がった少女は僕の手を振り払い、〝弱虫！〟と、叫ぶや、傍らの草原に姿を消してしまい、〝待ってよ、出口に連れてってよ！〟必死で叫んだ僕も急勾配の崖をよじ登ったが、丈高い夏草はたちまち僕を包み込んだ。まるでジャングルだった。

背丈ほどもある山百合がそのジャングルを彩り、その強い香りは大気を一層、密にして、両の手で掻き分けて進む、僕の歩みを遅くした。そして突然視界が開け……と、いっても、忘れられたベンチの分だけだったが……その背に思いっきり僕は膝頭をぶつけてしまった。

庭用のベンチは表面の白ペンキも所々剝げ、赤錆《あかさび》を浮かせた鉄の草花が絡み合う、無残な姿だったが、今なおその僅かな敷地を護りつつ、その姿を保っていた。それは死してなお、必死に存在を主張し続ける小さな恐竜を連想させた。そうしてその背に乗った僕は、ようやく向かいの山林に入る百合を見つけることができた。

百合は木々の暗闇の中で立ち止まっていたが、びっこを引きながら追いついた僕は、彼女の視線を辿ってぞっとした。

途轍《とてつ》もなく気持ちの悪い植物が生えていた。湿った土の間からにょきにょきと、白い硝子《ガラス》のような筒状の花が群生し、触れただけでも手が腐りそうな気がした。

「これを食べたら帰してあげる！」――言いながら百合は臆することなく五、六本摘み取り、突き出した。

「いやだ……こんなもん」

我ながら情けない声を上げ、僕は後ずさったが、百合のきつい瞳に会い、とっさに周りの草をむしった。

「こっちなら食べてもいいよ」――青臭く苦い草汁を我慢して呑み下したが、「だめよ！　そんなのじゃ」と、強く言われると、泣きたい気持ちでその花を摘んだ。

ひんやりとした茎は触っても大丈夫だったが、強いられるままに幾本か摘み、視線に耐えられずやっと一本、口に入れると、それでも冷たいまなざしが溶けて輝くような笑顔になり、（死んじゃってもいいや）というような変に潔い気分になった。

僕がそれほどの思いで花を飲み下したのに、百合は子供のくせにポケットから立派な懐中時計を出すと、「もう戻らなきゃ……」と、簡単に言い、踵《きびす》を返した。

斜面を下り、また館に入ったが、前とは違うドアで階段も登らず、暗い廊下をどんどん進んで行った。それでもこの廊下には人の気配が感じられ、夢中で通り抜けた上の階と違ってほこりや黴の匂いも幾らかましで、少し歩くと明かりも灯り、擦りきれてはいるが唐草模様の絨毯《じゅうたん》も敷かれていた。

「この男の人、随分優しい顔をしているね」――気まずい沈黙を破るために、曲がり角に置かれた彫像を見て言っただけだったが、百合はさも軽蔑《けいべつ》したように僕を見た。

「やあね、ジャンヌ・ダルクじゃない。女性よ」

「だって鎧《よろい》を着てるじゃないか……」

まるで捨てられたように絨毯の上にころがっていた胸像は、紛れもなく鎧兜《かぶと》を身に付け、どう見ても女の人には見えなかったが、蔑むような声音と顔に僕は後を続けられなくなった。

「フランスを救った聖女じゃないの。あんたって何にも知らないのね。――今朝、兄様が上の部屋から見つけてらしたのよ。お部屋に運ぶつもりがここでダウン。兄様が教えて下さったわ。彼女は神の声を聞いたのよ……」――それ以上説明するのも面倒になったのか、そのまま百合は角を曲がったが、正面に開けたホールのような部屋と黒い扉を見ると、それが最初に見たあの大きな扉の内側らしく、張り詰めていた思いが崩れ、この館から、この少女から、解放される喜びと、そしてなぜか胸の潰れるような切なさを感じ、それは扉に近付くごとに喜びを減らし、哀しみを増していった。

　ここを去りたいのか、留まりたいのか、自分でもよく判らなくなった気持ちを持て余しぎみに、急に激しい疲れを覚え、歩調も遅くなった時、僕は微かに浮いたドアに気付き、足を止めた。

ドアからは一条の弱い光りが漏れ、絨毯の唐草に隠れた鳥や栗鼠《りす》等の小動物を浮き出させていた。息を潜めて中の様子を伺っていた百合の口から長い吐息が漏れ、〝おばあさまのお部屋よ。御挨拶する？〟——僕の返事も待たずにドアを開けた。

「おばあさま、下のお家の子よ。一緒にお花を摘んだの」

暮れかけた夏の光りがまだ射し込んでいるというのに、部屋には驚くほどの数の蠟燭《ろうそく》が灯され、それが却《かえ》って家具の影や部屋の隅の闇を濃くしていた。そうしてその闇の中の寝椅子に百合の祖母が横たわっていた。

「綺麗でしょう？　おばあさまに差し上げるわ」——あの幽霊のような白い陰気な花を、百合は掲げて老婆に近寄り、胸に置いた。その時、眠ったように目を閉ざし、ぐったりと横になった老婆の、半開きの口から恐ろしい声が漏れた。

「なんて醜い子を連れておいでだい？」

それが僕を指す言葉だと知り、顔が熱くなった時、やはり驚いたように二、三歩下がった百合が激しく笑い出した。そして必死で抑えようとする笑いは閉ざした唇から押し当てた掌を通り越し、全身を震わす忍び笑いとなり、ますます僕を傷つけた。——一向に止まらない可愛らしく残酷な笑い声の中で声はなおも続いた。

「そんな子を家に入れるなんて……ようく見てごらん……まるで蛙のように醜いよ……それにぽかんと口を開けて……のろまで愚図に違いない……苛《いじ》めておやりよ……遊ぶな

んて勿体《もったい》ない……苛めて、苛めて、もう二度とこの屋敷に来ないよう、傷つけておやり……ほら、もうあんなに顔が赤くなった……今にも泣き出しそうだ……弱虫なんだよ……」

目の前の華奢な椅子の背に崩れるように体を投げ、抑えられない笑いに身を震わせている百合……そうして妙に甲高いきいきい声で罵る……どうやって部屋を飛び出し、どうやってあの大きな扉を開けて外へ出たのか判らなかった。本当に僕は泣き出していた。泣きながら館の前の砂利道を走り、転んで膝を擦り剝いてもなお走った。そうしてその道が父の家の階段の下へと続き、初めてここへ来た時に見たあの巨大な蛇のように見えた道だと気付いた時、新たな涙が溢れ出た。母のいる家が見えたからだ。

辿り着いた僕は喜代さんの前で倒れ、嘔吐と高熱に驚いた母は、医者を呼び、医者は僕を町の病院へ運んだ。

そのまま嘔吐と下痢と高熱が何日か続き、僕はあのきいきい声の呪詛と忍び笑いに絡めとられたまま混濁した世界を彷徨った。……弱虫！……醜い子！……愚図！……そんな子と遊ぶんじゃない！……あの扉や石にあった怪物が、孔雀が、絨毯の栗鼠《りす》や鳥までが僕を罵り、笑い、蔑んだ。そうしてそれらの怪物どもから逃れると硝子《ガラス》越しに海が見え、病院の人や母、喜代さんや山野さんも見たような気がする。〝淳ちゃん……淳ちゃん……可哀そうに……おかあさんが代わってあげたい……〟〝誤って毒草を口にしたようですね……〃〃僕が置いていったからいけなかったんですよ。一人で山の中、うろついてたんでしょう……〃〃あたしもからかったからいけないんですよ。それに、だいたいあの日は変な日でしたよ。台風前のもあっとした日で……そうそう、あの日は上の蔦屋敷……鷹原《たかはら》さんとこのおばあさんまで亡くなられたでしょう？　厄日だったんですよ〃〃うん、確かに厄日だったなぁ。僕も太郎も遊びに行ってて、そうそうに追い返されたし。あれっきり入れてももらえない〃〃大家《おおや》さんだから悪口は言いたくないけど、もともと近所付き合いのない家ですからね。坊ちゃまたちがいらしてなかったら、亡くなられたことも判りませんでしたよ〃〃あら、目を覚ましたわ〃〃淳ちゃん、どうお？　どんな感じ？……〃〃……無理ですよ……まだ……しばらく……そっとして……（あの娘《こ》が殺した……あの草で……そうして僕も死ぬんだ）〃

八月末、僕は退院し、山の家ではなく、そのまま東京へ母と帰った。病院にいる間中、うわごとでも〃家に帰る……東京に帰りたい〃と、言っていたらしい。そしてまだ少し微熱の続く残暑の中、それは明日から新学期という日で、まだ二、三日、登校しないほうがよいと母に言われていた時だった。あの山の家から電話が入り、あの女《ひと》が亡くなったと聞いた。

一

ノックの音で我に返ると、僕は『いばら姫Ⅲ』の絵を元に戻してドアを開けた。

「やっぱりここだったの！」──春江さんだった。

三谷画廊の専務、といっても、社長であり夫である三谷さんより貫禄もあり、実務の殆《ほとん》ども牛耳っている女傑で、豊満な体を真紅のスーツで包み、服にも負けない派手な顔立ちは大輪のダリアを思わせる。その後ろからそっと顔を覗かせた息子の恭平《きようへい》君は、可憐な秋桜《コスモス》のようだった。

「もうすぐ五時！　閉廊よ。少しはお客様に愛想でも振り撒《ま》いたら？　新人なんだから！」

胸が途端に息苦しくなった。倉庫の扉を閉め、事務室の時計に目をやると五時二分前……いよいよだ！　春江さんの渋面に追われるように外へ出ると、客はまだ溢れていた。

倉庫と事務室を囲むように、コの字型になった画廊の、出口の前で兄が菓子箱を手に、客を送り出しているところだった。

〝愛想を振り撒け〟と、言われたところで、皆、兄の客だ。大半の客は僕が弟であることも知りはしない。花に埋もれるようにして、コーナーのスツールが空いているのを見つけ、僕はようやく坐ることが出来た。

六月上旬の、まだ冷房を入れるには早い時期だったが、一点でも多くの絵を掛けられるようにと、事務室にしか窓のない画廊内は、かなりのスペースにもかかわらず、人いきれで暑かった。会期中に溜まった薔薇《ばら》や洋蘭の濃厚な香りと色彩が、なおのことそう感じさせるのかもしれない。

ぱりっとした白いスーツを見事に着こなし、涼しげな顔で〝愛想を振り撒いている〟兄は、誰が見ても主役であり、スターだった。先月帰国したばかりのその姿はいかにもパリ帰りといった派手な印象だったが、嫌らしさはなく、兄の本来持ち合わせた華やかさをより際立たせていた。

〝あいつは昔っからどっか違ってたよ〟……山野さんの言葉を思い出す。〝俺より幾らか顔がいいのは先刻承知だが、なんていうか、華やかさがあるんだよな。スター性とでもいうのか、やはり売れるっていうのは腕だけじゃないんだな〟……一昨年、パリの画壇で賞を総嘗《そうな》めにし、逆輸入の形で日本でも〝踊り出た新人〟と、持て囃《はや》された頃だった。

あの時は僕らの悲惨な〝二人展〟の後だったせいか、いつにない山野さんの微妙な言い方に、微《かす》かな反発を持ち、（絵の世界で顔も雰囲気もあるものか！　腕だけだ）と、思ったものの、初めて二週間、共に過ごした兄を見ていると、確かに僕らとは違っていた。

子供の頃から端正な顔やりっぱな体格、そして何か確信に満ちた物言いや物腰に圧倒され、母同様、いつまでたっても打ち解けられず、〝家族〟という感じが希薄だったが、今《ま》、目のあたりにする兄は〝僕の兄〟という存在を越えて、やはり紛れもない〝スター〟だった。そして、二週間、見続けた兄の絵を……ここへ来た誰もが賛辞を送った兄の絵を……僕は判らなかった。

闇に浮かぶ顔の群れは、批評家たちによって、〝心の奥に潜む影〟〝羊水に浮かぶ胎児たち〟〝真理を見つめる神々〟と、様々だったが、あの華やかな兄の内奥にこのようなどろどろとした暗い面があるとも思われず、一群の闇の顔たちも単に虚しく漂うだけで、僕には何も訴えてこなかった。一種のポーズとしか思えない。もっともまだ全部見た訳ではなかったが。

一年前、〝そろそろ帰国を〟と、戻ってきた兄に、三谷さんの申し出は二か月間の『山崎太郎展』だった。期待の新進作家、山崎太郎の新作五十点を二つに分け、一か月ずつ展示。売り上げの四割を三谷画廊が取り、残った絵は買い取りという好条件だった。それを、間に僕と山野さんを入れるよう運動し、自分のための二か月を割いてくれたのは兄である。

兄が二週間、続いて僕が二週間、そして山野さんも二週間、そして最後の二週間をまた兄で終わらせる……と、いう提案に、春江さんは見向きもしなかったが、三谷さんの賛同と兄の強固な主張、それに恭平君の後押しも加わって実現した。

僕と山野さんは売り上げの五割という取り分だったが、それでもまったくの無名の画家にとっては異例の取り分である。企画でやる場合、新人なら六割、ばあいによっては七割取られても文句は言えない。まして老舗《しにせ》の三谷画廊ともなれば、そこで〝個展〟というだけでも箔《はく》が付き、〝ただでも〟と、熱望する新人は大勢いるはずだ。

話しが纏《まと》まると、兄はまたフランスに行き、結局先月まで滞仏していたが、この半月というもの、今回の個展の準備、スケッチ集の出版、八年ぶりの日本での生活と、忙殺され、来月展示の絵はまだ梱包されたまま、兄のアトリエに置かれてある。賞を総嘗めにしたという近年のものもあの中だ。

擦り切れたジーンズの膝に目を移し、思わず深い吐息を吐《つ》いていると、ベージュの靴が目の前で止まった。顔を上げると画廊主の三谷さんだった。

「いよいよですね」

温かな笑顔に〝はぁ……〟と、何とも間の抜けた返事をしながら、また膝に目がいってしまう。恐ろしかった……。

「大丈夫、個展は成功……」と、言いかけた三谷さんに、兄が声をかけた。

「谷さん、ちょっと。三十分ほど、鷹原《たかはら》氏がお茶をとおっしゃっているのですが、御一緒していただけますか?」

受付付近にはすでに人の姿はなく、兄と作家の鷹原龍由《たつよし》がこちらを見ていた。

「結構ですよ。淳《じゅん》さんもどうです？　一仕事前に一息吐《つ》いては？」

「いいえ、もう、山野さんが来ると思いますから、ここにいます」——答え終わる前に、兄と作家の姿は消えていた。

「じゃ、すぐ戻りますから……春江、淳さんに珈琲《コーヒー》でも淹れて差し上げなさい」——軽くウィンクして三谷さんも後を追う。

先ほどまで華やかな人の群れに満ちていた画廊内は、今は徒《いたずら》に広さだけが目について、二つあるテーブルに置かれた飲み残しのカップが妙に虚しく目に映った。

受付をしていた近藤さんが盆を片手にそれらのカップを集め、春江さんは三谷さんの言葉など聞こえなかったように、赤丸の付いた絵をチェックしている。

ざっと見回しても八十パーセント……。売却済みの印の赤丸が絵の下に付いていた。

（いったい幾つの赤丸が僕の絵の下に付くだろう？）幾つ……とっさに浮かんだこの思いは、（思い上がるな！）と、いう次の声に打ち消された。誰が僕の絵など買おうというのだ。兄の名声に寄りかかり、やっと開けた個展に、いったい何人の人が来てくれるというのだ。あの〝二人展〟を思い浮かべ、僕は即座にここから逃げ出したいと願っている自分に気付いた。先刻からの落ち着かない気持ち……そう、僕は逃げることだけを考えていたんだ……

美大を出た年、〝金が続かないよ〟と、二年でパリから帰って来た山野さんと開いた〝二人展〟……、僅《わず》かな親類縁者の他には誰一人入って来ない新橋の画廊で、山野さんと二人、顔突き合わせて過ごした二週間だった。

二か月近く画商を回り歩き、それでもやっと口説き落とした画廊主は、最終日、〝しかし、まぁ……〟と、見回すまでもない狭い画廊内を、殊更にゆっくりと首を巡らし、〝私も努力はしたんですがね。お互い、赤字ですな〟と、にこりともせず言い放った。

単にスペースを貸すだけの貸し画廊と違って、売り上げの何割かを条件に、額装から案内状、経費の一切を持ち、その画家の保証まですするという企画画廊としては当然の顔つきだったろう。

その時、売れた絵は一点、と、言っていいのかどうか……、山野さんの恋人、そして今は同棲中の元子さんが買ったものだからだ。

酷評されるのならまだしも、まったく無視されたまま、当然、余所《よそ》からお呼びのかかる訳もなく、山野さんはそれでも団体展、公募展と折あるごとに出品し続け、毎年貸し画廊で個展も開き続けたが、僕はあれきり、ただ父のように描き続けていたにすぎない。

あの時と同じような二週間だとしたら……初めての個展だというのに、僕の胸は喜びとはほど遠く、重い不安で張り裂けそうだった。

あの時はまだしも……売れないにしても……山野さんの親類が何人かは来てくれた。しかし……今回は個展だ。僕の身寄りといえば兄と両親……それに福島に母の姉という女《ひと》もいたが、母と父との関係に長年苦い顔をしていたこの伯母とは、母が正式に結婚した後も痼《しこり》が続き、めったに会ったこともない。兄の努力で三谷画廊で個展などという段取りにはなったが、〝山崎淳〟などという聞いたこともない名前の個展に、裏通り、ビル二階の画廊まで足を運ぶ人がいるだろうか……。二週間……僕は今のようにがらんとしたこの空間で、膝を見続けている自分を容易に想像出来た。そして最終日……さっきよりもっと顔を顰《しか》めた春江さんや、困ったような顔の三谷さんまで思い浮かべると、いまさら逃げ出す訳にはいかぬまでも、うかうかと〝個展〟などという言葉に引かれて今回の事態に至った自分の思い上がりに、軽率さに、ひたすら腹が立つだけだった。この怒りは遣り場がなかった。全てはあの二年前の惨めさを倍にして、二週間後、甘受するだけだ。そうして兄の面目を潰し、思い切った冒険をしてくれた三谷さんの顔にまで泥を塗る訳だ。

深く落ち込んでいく思いに囚われ、恭平君の声にも気付かなかったらしい。

「珈琲《コーヒー》冷めますよ……」――それが何度目かの声だったらしいのは、帰り支度をした近藤さんの、笑いを嚙み殺した顔で判った。慌てて〝ごくろうさまでした〟と、声をかけ、テーブルに行きかけたところに山野さんが入ってきた。

「お、なんだ二人だけ？」と、抱えた僕の絵を下ろすと「来てくれよ、元子を残して横付けしてあるんだ。取り敢えず絵だけ降ろして移動させるからさ」と、もう姿は階段だ。

恭平君に「春江さんは？」と聞くと、「さっき帰りました」と、消え入りそうな声で、答える。本命の兄の個展が一先ず終わった今、残る必要もないと思ったのだろう。

今年二十《はたち》。少女のような優しい顔を赤らめて、申し訳なさそうに俯《うつむ》いた恭平君に、僕の方で困ってしまい、精一杯の笑顔を向けると、山野さんの後を追った。

山野さんは、画廊のライトバンで、今日は朝から僕の絵を集めてくれていた。自宅にあった五十二点の絵はすでに昨夜ここへ運び込んである。家の絵画教室に来る子供の親がお義理で買ってくれたり、元子さんの店に置かせてもらったりで、二十一点の絵が分散していた。

〝初の個展、いわば実質的なデビューなんだから、作品と名のつくものは全て出したほうがいい〟と、いう兄の意見に三谷さんも同調し、既に売れたものは〝非売品〟として展示することになった。もっとも最大でも三十号という小品ばかりで、全部集めてもやっと壁が埋まる見当だ。

子供の親たちも皆、快く、二週間の貸出をＯＫしてくれ、運転の出来ない僕に代わって山野さんが回収する役になった。

全部で七十三点。この六年の……いや、今までの僕の全てを賭けた作品……、だが今は……不安ばかりが突き上げてくる。

絵を運び込み兄の絵を外していると三谷さんも戻って来た。

「やぁ、来ましたね。いよいよ淳さんの番だ」と、背広を脱ぎ、ワイシャツの腕を捲《ま》くり上げる。「兄さん、鷹原の先生と話が弾んでね。もう三十分ぐらいで戻るそうですよ」

「肉体労働をしたくないだけでしょ」と、店を閉めて山野さんと来てくれた元子さんが、絵を外しながら言う。

「鷹原って、鷹原翔《しょう》……いや、鷹原龍由ですか？」と、山野さん。「奴《やっこ》さん、よく腰を上げたな。こりゃ〝書斎の美〟とかって御託を撤回して、友人のために現代美術批評でも書いてくれる気かね。いいなぁ、俺の時にも来てくれるかなぁ。いや、まず淳ちゃんだな。おい、負けるなよ！」

背中をどやされながら、僕は笑うだけだ。（来る訳がないじゃないか……）

「太郎さんと鷹原さんってお友達だったんですか？」と、恭平君。「なんで太郎さんの個展に来たんだろうって思ってたんですよ。淳さんの方ならまだ判るけどね」

「友達も友達、まだひよっこの時分からの付き合いですよ。俺も含めてね。でも、やっこさん、俺の時には一度だって顔見せたことないな。ま、ついでがあったのかもしれん。淳ちゃん、覚えてるかな？　あの山の家。あの上の洋館の息子……、ん、御当主様だよ」

（洋館の息子！）──耳にした途端、百合《ゆり》の言葉が蘇った。〝貴方《あなた》のお兄様は私の兄様と一緒よ。貴方は私と一緒。いいでしょ……〟

山野さんは話題を変え、体を動かしながらも話は弾んでいたが、僕にはもう何も聞こえなかった。百合……十二年経った今でもあの日のことは昨日のことのように覚えている。あの女《ひと》が亡くなると、元々療養のために借りていたあの家も手放し、あの土地とも無縁となったが、兄と山野さんがその後も毎夏行っているのは知っていた。〝百合姫、百合姫〟と、夏毎《ごと》に山野さんが騒ぐからだ。しかし、美大卒業と同時に二人して渡仏、二年後に山野さんだけ帰ってからは、その名を聞くこともなく、付き合いは自然消滅したものと、密かに胸を撫で降ろしていた。

〝キスして……〟と、囁《ささや》いたあの美しい顔と、あの恐ろしい言葉は、あれ以来、夜毎の夢となり、僕を脅かし、そして……魅惑した。日毎に百合は僕の中で聖女と化し、魔女と化し、〝もう一度会いたい！〟と願う熱い思いは〝けして近付くな！〟という警報と入り乱れ、時と共に〝生身の少女〟は〝永遠の少女〟となって、山野さんからその名を聞くのも不愉快だった。――彼女はあの暗い洋館に独り……永遠に少女のままで凍結されていなければならない！――そう、僕の中で彼女はただ独り、現実の兄という存在すら忘れていた……。

あの男が百合の兄……いかにも文学青年然とした、女のように美しい、繊細な顔立ち、華奢な体……兄のアポロンのような〝陽〟の美しさと雰囲気とに見事といってよいくらい対照的な……（堕天使……ルシファー……）と、誰かが評していた。（デモニックな知性と容貌《ようぼう》）……彼の訳した匿名作家の『ソドムの恋』が猥褻罪で問われた時だ……。

それは仏訳となってはいたものの、裁判が進むうちに実は彼の創作であることも判り、やがて下された有罪宣告は却《かえ》って彼の名を高め、本業の翻訳以外でも最近は音楽、美術、文学と、評論家としての地位も築いていた。

彼が……百合の兄……それは余りにも見事な組み合わせのようにも思えたが、一方、余りにも思いがけないことでもあった。

「ほい！」――山野さんに体を持ち上げられ、僕は夢想から覚めた。三谷さん、恭平君、元子さんが回転しながら笑い、床に落とされた時、回転していたのは僕だと判った。

「準備段階でもう〝心ここにあらず〟かい？　しっかりしてくれよ。夜が明けちまうよ」

体を動かしてはいたものの、何をしていたのかも覚えていなかった。見回すと、既に兄の絵は倉庫に収められ、僕の絵も梱包を解かれている。

「配列も大切なんだからな。皆で頭をひねってるのに、当の作家が茫然自失じゃ困るじゃないか」

山野さんの言葉に僕は慌てて謝った。僕のために皆が動いていてくれるのに、まったくなんて様《ざま》だ！

確かにこれが一大仕事だった。

コの字の内側と外側、合わせて七十二メートル。八面の壁が舞台となる。二百号、三百号と大作の多い兄の絵で二十三点。それでも配列は結構大変だった。それが小品ばかりの僕のになると数がある分、色の流れ、テーマ、縦横の関係、アクセント、そして一つの壁面と隣接する壁、対応する壁の調和等々、中々決まらない。一点一点の作品は独立してあるものなのだから、どう並んでいてもよさそうだが、全ての絵をより良く見させるための配置というのは確かに存在するものらしい。

『いばら姫』の連作五点は入ってすぐの壁に難なく収まり、スポットの調整を終わると、三谷さんも満足そうにうなずいたが、後が大変だった。人物画はこれきりで、後は自宅の犬と猫、それに鳥と風景……良く言えば穏やかな、悪く言えば強さのない、と、山野さんによく言われる……まして小品の絵は、漠然と壁に並べてしまうと単調になりがちだし、かといって、犬の間に突如風景というのも、流れを壊してしまう。

『いばら姫』に続く一面をなんとか終え、続く真っ白な壁と、キャンバスの山に疲れた目を向けた時、兄と、鷹原氏が入って来た。

「おやおや、これはまだ戦場ですね。明日オープニングできるのかな?」と、その実、どうでもいいような口調で言う鷹原氏の言葉に、初めて壁から目を離した三谷さんが「おや、もう八時だ」と、つぶやく。

「食事にしませんか?」と、大きく伸びをした山野さんが言うと「賛成!」と、恭平君。

「銀座は店仕舞いが早いし、こりゃ、まだまだ終わりそうにありませんからね」と、続けた山野さんに、三谷さんも苦笑いする。

鷹原龍由は並べられた僕の『いばら姫』を凝視していた。(百合と気がつくだろうか?　あの庭と気が付くだろうか?)――一昨年のあの悲惨な〝二人展〟の後に描き始めたものだった。無論、記憶の中の百合の顔は無意識のうちに変わっているだろうし、まして絵のなかの少女は十二年前の姿のままだ。しかし、微動だにせず眺めいる背中を見続けていると、不安でいてもたってもいられなかった。兄も山野さんもこれが百合とは気付かなかった。僕があの屋敷に入り、百合と会ったことすら知らないようだった。しかし……知らぬ間に屋敷に入った男、無断で妹を描いた男……それは、現実に百合の兄を前にすると、酷く不作法な行いに思えた。

「太郎さんはゆっくり休憩なさった後だけど、おなかはすいてるでしょ?」と、元子さんが皮肉っぽく声をかける。「休憩、休憩」と、山野さんもテーブルに投げ出しておいたジャンパーを取り上げた。

それがきっかけで、皆動きだしたが、鷹原氏も「これが、弟さんの?」と、兄に言ったきり出口に向かったのでほっとした。

表通りの『グリルつばめ』に入り、奥の席に収まると、取り敢えずビールで前祝いの乾杯となり、アイスバイン、山盛りのソーセージにポテト、そしてコールスロー等が並べられたが、鷹原氏の視線が気になって、ろくろく喉を通らなかった。

それに、兄の様子も変だった。いつもなら居るだけで座を華やいだものにし、その才気溢れる話術で盛り上げるのだが、今は周りにも無関心で、不機嫌だった。人前では見事に愛想良く、露骨な感情を見せない兄には珍しく、同様にそれを察知したらしい、元子さんや、山野さんが話をとぎらせないようにしていたが、あまり成果は上がらなかった。

後に続く仕事も考え、コーヒーで締め括っている時だった。鷹原氏が突然話しかけてきた。

「個展が済んで、一段落してからで結構ですが、妹の肖像をお願いしてもよろしいですか？」

「え？」と、顔を上げた僕に元子さんが笑いかける。

「早々と御注文よ。凄い！　先生！」

「そりゃないよ」と、山野さん。「今まで太郎や俺という画家と付き合ってきて……」

山野さんの言葉が中断されたのは店内の異様なざわめきだった。

〝火事らしい〟〝近いぞ〟〝裏のビル……〟そこまで耳にすると僕らは飛び出した。

騒然とした人々の間を掻き分け、通りを走り、角を曲がると、もう赤く染められた窓が見えた。画廊、事務所の窓だ！

真っ赤な消防車が明かりを点滅させ、銀の防火服に身を包んだ消防員がホースを持ち、消火栓に走っている。

「お父さん！」――恭平君の叫びで我に返った。ビルの階段を駆け登る三谷さんの背中が消え、兄が続いた。そして追おうとする僕を誰かが押さえ、振り放そうとすると、消防員が立ち塞がった。「危険です。下がって下さい！」「危ないですよ……」耳元の囁き声に振り向くと鷹原氏の顔とぶつかりそうになった。その細い腕が鋼鉄のような強さで背後から僕を捉えていた。「父が、父が入ったんです！」と、叫ぶ恭平君も消防員に押さえつけられている。爆発音のような後に硝子《ガラス》が砕け散り、僕らの眼前に落ちてきた。

そして一気に炎が吹き出し、闇夜に火の粉が飛ぶ。やっとホースから水が出始めたが、ごうごうと燃え盛る炎は水まで飲み込むように勢いを増し、階段からも煙が下りてきた。

その時、鷹原氏と消防員の間で、僕は何を叫んでいたのか覚えていない。力ずくで人垣の方へ押し戻され、それでも必死に進もうとし、元子さんの「太郎さんよ！　太郎さんよ！」の声に窓から階段に目を移すと消防員に抱えられた兄が煙の中から出てきた。

白とは言えない、見るも無残なスーツ……それでもキャンバスを抱え、放心したように虚空を見ている。

「にいさん！」――身を振り解き、駆け寄ると、僕はがっしりした兄の体に抱きついた。熱と、きな臭い臭いに包まれ、〝淳……〟と、つぶやいた兄は、まだ燻《くすぶ》っているキャンバスを差し出した。

「取ってきたよ、一点……」

僕らの間に落ちたそれは、僕の『いばら姫』だった。そして、兄もその場にくずおれた。


救急車で鷹原氏に付き添われた兄が運ばれた後、ようやく鎮火したビルの前で、僕と山野さんは恭平君を抱えるようにして立ち竦《すく》んでいた。

窓からも、階段からも、未《いま》だ煙が出ていたが、人垣は崩れ始め、消防員の動きも鈍くなっていた。そして、担架に乗せられた三谷さんの遺骸《いがい》が階段を降りて来た。遺骸はしっかりと僕の小さいキャンバスを、炭と化した枠を抱えていた。

二

子供たちの歓声とじゃれる犬の声に鬱々《うつうつ》とした思いから覚め、庭に眼をやる。

下のアトリエから弾き出た子供たちが犬と戯れながら、さして広くもない庭を駆け回り始めた。毎週火曜のお絵描きの後、ひとしきりここで遊んで帰るのが慣例になっていた。三方をビルに囲まれ、残る一方は川沿いの、しかも川の上には高速道路が走り、四六時中の騒音だったが、一向気にする風もなく、四歳から八歳までのちび共はお絵描きよりもむしろこっちが楽しみで通ってくる方が多い。

今時都心の家で七匹の猫と三匹の犬が徘徊し、雑草の繁った空き地のような庭は珍しいのだろう。草の実や動物の毛で衣服は台なしだが、それを嫌う親は一回で子供を辞めさせてしまい、残っている子供の親は絵画教室というより託児所と見ている感が強い。それでも高学年になると勉強の塾通いが忙しくなるらしく、三年生、四年生で大体辞めていく。しかし、僅《わず》かな期間でも、無心に遊び呆《ほう》ける子供たちを見ているのは楽しかった。この間までは……（今日も何もしなかった……）――本来、父と僕とでしていた仕事も放棄したまま、あれ以来、部屋に閉じ籠もっていた。アトリエに出入りする生徒たちを眼にする度に〝明日からは……〟と思うのだが、どうにも体が動かない。

『いばら姫』……緑の葉影を踊らせた白い大きな襟が風に嬲《なぶ》られて柔らかな頬を被い、そして眠りに蕩《たゆた》う瞼《まぶた》は深く閉ざされ、額には乱れた前髪といばらの一枝……筆跡の一つ一つまで思い起こせるその全てが消えていた。光りを受けて輝く唇だけが辛うじて残ってはいたが、それも煤《すす》がこびりつき、輝きは失せてしまっている。

剝《む》き出しになった木枠と三分の二ほど残された画布……もう作品とはいえないその残骸を見つめ続けて二週間がたっていた。

最悪の形で僕は有名になっていた。

〝一夜にして全作品を灰にした画家〟……父は〝腕を失った訳でもないし、また描けばいい。幾らでも描ける両の手と眼があるじゃないか〟と、励ましてくれ、母もただただ無事を喜んでくれたが、頭では〝そのとおりだ〟とは判ってはいても、心と体はついてこなかった。

亡くなった三谷さん、残された春江さんたちを思えば、〝絵など何だというのだ〟と、己に言い聞かせる。〝駆け出しの無名のくせに……売れたかどうかも判らない未熟な絵……〟と、言い聞かせる。それが毎日だった。

そうした日々を何も言わずに放っておいてくれる両親の優しさに甘えながらも、なおのことふがいなく感じる自分自身へのやりきれなさに、それでも体は根が生えたように動かず、追うともなしに子供たちの姿を見下ろしていた僕は、突然子供たちが門に向かって駆け出したのに気付いた。

犬猫がむやみに外へ出ないよう、ビルとビルとの間の路地を利用して、二重にした門だったが、その戸も閉め忘れて出て行ってしまうのを見ると、反射的に部屋を飛び出していた。放し飼いの犬たちが表道路に出たら大変だ。

庭に出ると、やはり気付いたらしい父がすでに戸を閉めてほっとした様子で立っていた。

「まったく困ったたちび共だ。あれだけ言ってあるのに」と、まだ息を弾ませたまま言う。

「原因はあれだよ、血が出たんでびっくりしたんだろう」

見ると、叢《くさむら》に一人、取り残された洋ちゃんが歯を食い縛り、剝き出しの膝を抱えていた。別棟になっている兄のアトリエの前だ。重ねた小さな手の下から血が筋を引き、ソックスまで達している。

家から母が救急箱を抱えて来た。

「尋ちゃんだよ。尋ちゃんのバッグから針金が飛び出してたんだ」

「わざとじゃないでしょう。でも洋ちゃん偉いわ。泣かないものね」

消毒薬に一瞬歪んだ顔が、母の言葉でまた持ちなおした。

「こんなの、痛くないよ」――泣きそうなのを堪えて言う声はいささか湿ってはいたが、その毅然とした態度は昨日までの〝幼児〟から、〝男の子〟になっていた。

「僕、送って行きますよ。一応、親にも説明した方がいいだろうし」

「洗って来週お返しするから、靴下脱いだ方がいいわ」――血の滲《にじ》んだ靴下を母が丸めて仕舞うと、僕は洋ちゃんを抱き上げた。

「大丈夫、歩けるよ」――黙って首を振る父と目が合い、「肩車してやろうか」と言う。途端に顔が輝いた。

　細い足を抱えて立ち上がったところで兄が出てきた。いつ来ていたのか元子さん、恭《きょう》平《へい》君も一緒である。挨拶をしかけて、僕は言葉を呑んだ。兄の顔が何とも言えずに奇妙だったからだ。まるで傷ついた幼い子供のよう……（あまり嬉しくない話だったのだろうか……）――ようやく元子さんの方から挨拶され、僕も返したが、元子さんの顔も沈んでいた。これから熱海《あたみ》に帰るという元子さんと、洋ちゃんを肩車したまま、戸口の恭平君に軽く会釈をし、家を出たが、陽気な姉御肌の元子さんとこんなに無言のまま歩いたのも初めてだった。

「山野さん、元気ですか」

　我ながら酷い愚問を発して、また黙ったまま、古川に架かる一の橋を渡り、麻布十番に出、結局洋ちゃんの家にまで来てもらってしまい、〝子供どうしのことですから〟と、物分かりのよいお母さんの笑顔にほっとして家を出ると、やっと重い口が開かれた。

「太郎さん、Ｓデパートで個展が決まったの知ってる？」

　まったくの初耳だった。三谷さんの葬儀、画廊の後始末と、ただでさえ大変なはずの春江さんが責任を感じて、取引先のSデパートに話を持っていってくれたという。今や一点の作品もない僕はどうしようもないが、兄と山野さんは明日にでも個展が開ける状態なのだから、願ってもない話だろう。

「太郎さんは即決定。しかも九月早々よ。あの人ってよほど神様に溺愛されているみたいね。本来ならデパート内の画廊もイベント会場も半年先までスケジュール満杯なんですって。それが予定されていたフランスの画家がね、気紛れに個展会場の下見に来た途端、お流れ……契約も何も無視して帰っちゃったそうなの。〝豚の頭やトイレットペーパーの置かれた廊下の果てに私の作品を置かれたくない〟って。……日本のデパートに豚の頭まではないのにね。とにかく何を言っても無駄だったみたいよ。それでデパート側では大混乱。用意万端整って、後は作品の到着を待つだけって時に突然取り止めでしょう。丁度その時に春江さんの話があったらしいのよ。デパート側では渡りに船で……変な話だけど、この間の火事も太郎さんにとっては良かったみたいね」

「そんな!」——前を見つめたまま一気に話す元子さんに、ついそれだけは口を挟んでしまった。

「燃えてしまったんだよ。あれだけの作品が！　三谷さんまで亡くなって……」

「でも、大分週刊誌でも書かれたでしょう。〝今、一番期待されている画家の絵、二十三点が全焼〟って。あれで一般の人にまで名を知られた訳だし、同情票も集まって観客動員は万全だって、デパート側も随分乗り気だそうよ。……そのフランスの画家への怒りの反動も手伝ってか、〝大々的に宣伝して、この個展を成功させましょう〟って美術部の人が春江さんにも言ったそうよ。Sデパートっていえばデパートの代名詞みたいなもんでしょう？　そこがそれだけ乗って、後押しするっていうんだから、太郎さんの前途は洋々、神様の偏愛振りに恨めしくもなろうってもんだわ。八月にはバーゲンセールの広告に混じって『山崎太郎展』ってゴシック文字が新聞の広告欄を飾り、車内吊りや垂れ幕にもなってみんなの頭に浸透していくんだわ」

「まるで見世物じゃないか」

「いいのよ、最初は。まず名前を売った方が勝ちよ」――不愉快になって僕は黙ってしまった。あれだけの作品を失うということがどれほど辛いか……画家でない元子さんには判らないのだ。その〝時〟にしか描けない絵……その〝時〟の情熱……その〝時〟の自分……

「ごめん。雑な言い方をして。おまけに嫌なことまで思い出させてしまったわね。……山野はだめだったのよ……実績もないしね」

「そう……でも、余所《よそ》で……」

「だめよ！　もうおしまいだって……知ってる？　『週刊G』の記事……太郎さんを妬《ねた》んでの放火じゃないかって……そりゃはっきりは書いてないわよ。でも貴方《あなた》の絵も燃えちゃったし、……まるで山野が犯人みたいなニュアンスだった……」

「まさか……あれほど楽しみにしてたのに。あれで山野さんの個展だって潰れたじゃないか！ 第一、間違ってもそんなことをする人じゃないよ！」

「ありがとう。あたしだって思わない。でも、もうおしまいだって！ あの人あれから酒浸《さけびた》りよ。絵しか能のない人ですもん……」

駐車場に着き、車に乗ると、元子さんはついに泣き出した。まるで子供のように、壮大に。「こんな時に悪いと思ったけど、春江さんの所にも行ったのよ。余りいい顔はされなかったけど……恭平君がね……いい人ね、あちこち問い合わせてくれたの……でも……どこもだめで……諦めて出たら恭平君が追っかけて来てくれてね、一緒に太郎さんのとこに来たの」

おいおい泣きながら話す元子さんを無遠慮に立ち止まって見る人もいたが、そんなことに構っていられなかった。僕だって胸が詰まって泣きそうだったのだ。

「嫌な噂だってそのうち消えるよ。心ある人なら信じやしないし。警察だって出火の原因は調べてるはずだ。それに……それに、何を言ったたって……僕たち描き続けるしかないじゃないか」――自分の体《てい》たらくを棚に上げ、父に言われたことをそのまま繰り返しているに過ぎなかったが、そうとしか言いようがなかった。でも……こんなに愛しく元子さんが見えたのも初めてだった。間にドアがなかったら、僕は抱き締めていたかもしれない。

ようやく治まってきた元子さんは、僕のハンカチで思いきり鼻をかむと、それでも微《かす》かに笑顔を見せた。

「ほんとにごめんなさいね。何だか疲れちゃったのよ。もう大丈夫、帰るわ。淳《じゅん》さん、熱海にも来てちょうだい。山野にも会ってあげて」

元子さんはエンジンをかけ、僕も車から離れたが、思い出したように窓から顔を出した。

「淳さん、貴方……太郎さんのフランスのお知り合いでラモン・デ……何とかって人、知ってる?」

「いや、兄の友人って、貴方たちと……あと、あの鷹原龍由《たかはらたつよし》って……この間会っただけで……帰ってからフランスから二、三通手紙が来てたようだけど……差出人までは……」

「そう、ありがとう。別に何でもないのよ、気にしないで。ほんとに来てちょうだいね」

僕の遅い話し方に最後まで聞かず、元子さんはせかせかと発車させた。

何だか無性に山野さんの顔を見たくなった。毎週一度は絵を持って家に来ていたし、この間中はそれこそ店もほっぽりだして画廊に来ていた。それがあれ以来、三谷さんの葬儀で顔を合わせたきり、あの時はお互いに口を利くのもおっくうという感じでろくに話もしなかった。(熱海に行こうか!) 一瞬そう思ったが、家に電話をして夕食を断り、新宿に出ることにした。僕自身の変なこだわりから十二年前のあの日以降、熱海には行ったことがない。熱海に通ううち、元子さんと知り合い、そのまま熱海に居着いてしまった山野さんからは度々誘われていたが、足は向かなかった。糸川とかいう川縁でモダンジャズの店を開いている元子さん……。僕は熱海へ行く代わりに新宿の『DUG』へ行った。

一年振りの店は、入るとサックスの津波で僕を迎えてくれた。コルトレーンの『至上の愛』だ。

うねり、寄せる、音の洪水に身を浸し、体を預けると、この数日の憂鬱が遠く離れ、雑念も引いていった。僕の絵……兄の絵……山野さんの絵……父の絵……（逃げている訳じゃない……ただ一時……休むだけだ……）

家に帰ったのは十時過ぎだった。

僕の気配で玄関に集まった犬たちに釣られ、三和土《たたき》に立った父の言葉に僕は血が引いた。

兄が熱海で事故……自動車事故を起こし……百合《ゆり》と共に病院にかつぎ込まれたという……僕と元子さんが出た後、なぜか突然、恭平君も置き去りにしたまま熱海へ行くと出かけてしまい、九時頃、山野さんから事故の知らせが来たそうだ。母がすぐ行ったそうで、ほんの少し前に入った電話では、取り敢えず、二人とも命には別状ないということらしいが、詳しいことはまだ判らないという。

「〝余所様《よそさま》のお嬢さんに大変なことをしてしまった〟と、母さんおろおろしてたが……大したことなく済めばいいがなぁ」と、父は深い吐息をついた。

「僕も行ってみます。お母さん一人じゃ……」

すぐ戸口に向かおうと腰を浮かせた僕に父は〝今、何時だと思う？〟と、短く言った。

「真夜中に着いてもしようがあるまい。また人様に御迷惑をかけるだけだ」

「そうですね、すみません。明日、朝一番で行ってみます」

父は〝腹は？〟と、言いながら立ち上がったが、首を振る僕を見て、コップを手に引き返し、飲んでいたビールを注いでくれた。そのまま僕らは台所のテーブルで向かい合ったまま、庭から聞こえてくる家一番のボス猫牡丹《ぼたん》の声を聞いていたが、この闇夜の向こうで傷つき倒れている兄や百合を思うと、為す術もなく無為にビールを飲んでいる自分が苛立たしかった。

「渡仏前に結婚していれば良かったのかもしれんな」――父のつぶやきに驚いて顔を上げた僕に父は初めて微かな笑顔を見せた。

「もう随分前から互いに約束は出来ていたと言ってたよ。あいつも一人前の画家になってから貰いたかったんだろう。滞仏が長くなって、一度、〝そんなに放っておいて大丈夫なのか？〟と、手紙で聞いたら、自信満々の返事がきてね、この間の個展が支障なく済めば、私らにも紹介すると言ってたんだが……」

「そうですか……」――そんな前から二人は相思相愛だったのか……僕の中で独り、あの館を背景に住みついていた百合の、兄に抱かれた姿が脳裏を掠《かす》め、僕はビールを煽った。そういえば……〝キスして……〟と囁《ささや》いた……あの時の百合……〝お兄様はいつもしてくださるわ〟……あんな昔から……兄と百合の姿がほんの少し前まで浸っていた音の洪水と混ざり合う。力強く響き渡るマイルスのトランペット……軽快なエバンスのピアノ……『SO WHAT』……（だからどうした？）……そう、だからどうした？　だからどうしたというのだ？　あの兄だったらどんな女性だって心を奪われるだろう。その相手が百合だというのはごく自然なことではないか。昔から百合を愛して通い続けていたんだから……だからどうした……お前は……何もしなかった……怠惰に、安全に、心の中だけに百合を住まわせ……

「絹代さんの孫娘が嫁に来るとは、私も思ってもいなかったがね。嬉しかったよ。……今更言っても詮無《せんな》いことだが、早く結婚していれば良かったんだな」

夢想の中に入って来た父の言葉に、僕は顔を上げた。

「絹代さんって……お父さん……」

「いや、酔ったらしい。つい親しげに言ってしまったが……スターだったんだよ。〝浅草の花〟と呼ばれたもんだ。戦前だがね……」

「それが……百合……さん……の……おばあさん？」

「そう……それが前線慰問に行った上海《シャンハイ》で鷹原子爵と会い、結婚……世間では大変な騒ぎだったよ。……あの当時……華族といえば我々庶民とは別世界のものだった。それが浅草の歌姫と……」――「それで……？」と、僕は先を促したが、暗い硝子窓《ガラスまど》に映る明かりが蠟燭《ろうそく》のように見え、その向こうにあのおばあさん……まるで最初からおばあさんだったような……あの女《ひと》の姿が浮かんできて、僕は口を噤《つぐ》んだ。あの恐ろしい言葉まで蘇《よみがえ》ってきそうだったからだ。

父もそれきり口を閉ざしたが、やがて物思いに耽《ふけ》る時の癖で歌を唄い出した。小声で口遊《くちずさ》む歌はいつも同じだ。

　恋は　やさしい　野辺の　花よ
　夏の日のもとに　朽ちぬ花よ

僕も和した。

「お前……知っているのか、こんな古い歌」

「お父さんがよく唄うから、それで覚えたんですよ」

「そうか……そんなに唄うか……」

父が唄うのも止《や》めてしまい、戸外に目をやったきりなので、僕は話を続けた。何でもいい。この長い夜を過ごすのに、判りようのない事故のことには触れたくなかったのだと思う。

「浅草は？　昔は東京一の繁華街だったんでしょ。お父さんも行ったの？」

「ああ……そう、初めて行ったのはまだ五つか六つの頃だったな。父に連れられてね、母と喧嘩して私を連れて家を飛び出し、そのまま浅草に行ってしまった。着いたらもう夜でね、大正の……関東大震災の後だったが……新築された金竜館《きんりゅうかん》で『オペラの怪人』というのを見てね……」

「今も上演してますよ。もっとも日比谷でだけど」

「ほう……歳を取っても世の中はそんなに変わらないものなのかな」

話の腰を折ったようで、僕は慌てて「それで？」と促す。

「勿論《もちろん》子供だったから良く判るはずもないんだが、大神秘劇って言葉に判らないながらも胸を踊らせて……何も彼も初めての世界でえらくびっくりして……そして判らないままに……感動してしまったよ。結局夜遅く家に帰ってね、母に叱られて……それきり浅草にも連れて行っては貰えなかったが……美校に入った年に……突然その日のことを思い出してね……学校には行かず浅草に行ってしまった……」

「そこで〝浅草の花〟を見た！」

「うん……いや、悪いのに出くわしたんだよ。先輩で……そいつに仲間のたむろしているカフェーに引っ張られてね。伝法院の側の小さな店だったが、文士や画家や脚本家や……面白いのが集まってて……それから〝浅草案内〟って訳だ。例の〝金竜館〟、それに〝常磐座《ときわざ》〟〝東京倶楽部《クラブ》〟〝ヤパンモカル〟〝プペ・ダンサント〟……随分昔のことだ……」

僕が上の空だと判ったのか、父は途中で止め、立ち上がった。

「もう遅い……明日、熱海に行くんならもう寝たほうがいいぞ」

壁の時計を見ると、もう二時近かった。

「そうですね……もう休みます」

眠れないのは判っていたが、僕も立ち上がった。父も心労続きのはずだ。僕の分まで生徒も見てるし……いつもなら十時には寝ている人だ。だが、あの火事以来、父とこんなに話したこともなかった。僕らは軽い微笑みを交わすとそれぞれの部屋へ向かった。何かもう一言……口に出すのを躊躇《ちゅうちょ》したまま。


翌朝、始発の六時十六分発のこだまに乗ると、七時過ぎにはもう熱海に着いてしまった。〝まだか、まだか〟と、思う気持ちが、いざ熱海に着いてしまうと〝僅か五十分……〟という近さに驚いてしまった。十二年間、ぐずぐずと思い続けていた地が……都内をうろついている時間で来れてしまう……。百合が……兄の許嫁《いいなずけ》である百合が……もうすぐ先にいる……。母と共に下りたあの頃と駅前の感じはさして違わぬようにも思えた。あの〝時〟に戻ったような……あの〝時〟の不安な思いが蘇るのを恐れて、僕は足早にタクシー乗り場に向かい〝当間《とうま》病院〟と告げたが、十数分後、横付けされた病院は当然のことながら閉まっており、受付は八時から、面会は十時からとなっていた。そのまま、母の泊まっているという旅館に回ってもらったが、迎えた母も一夜でげっそりと窶《やつ》れ、僕の顔を見るなりしがみついてきた。兄たちは一度救急病院に収容され、次いで先ほど寄った病院に移されたという。

「まだよく判らないのよ。お嬢さんの方が酷いようで……本当に申し訳なくて、申し訳なくて……もう母さんどうしたら良いのか……どうしてこんなことばかり……」

それでも僕の顔を見て少しはほっとしたような母を慰め、まんじりともしなかっただろう体を形だけでも横にさせると、僕も窓際の籐椅子に腰を降ろした。早朝の澄んだ空気、眼前の青い海、沖に浮かぶ島影、この美しい穏やかな景色の中で病院にいる二人は何故か理不尽に思えた。

十時ぴったりに病院に着くと、兄の病室に行く。驚いたことに、もう元子さんが来ていた。頭に包帯をした兄は眠っているようだ。

ドアのあく音でうっすらと目を開いた兄の視線が彷徨《さまよ》い、僕を捕らえた。

「にいさん……」――枕元に行って囁くと、ぼんやりとした視線はまたうつろい、再び返って来ると微かに口が動いた。

「お前……覚えて……いるか？　あ……り……す……」――それきりまた目も口も閉ざしてしまったが、元子さんに目を向けると、〝外へ〟と、指で合図をする。

廊下に出ると、母は元子さんに何度も頭を下げ、礼を言うと、耐えられないように「先生の所へ伺ってみる」と、姿を消した。

「どうなんですか、兄の容態」――僕の方は挨拶もそこそこに元子さんに訊ねた。

「まだ……よく……時々さっきみたいに覚めて何か言うんだけど。はっきり聞き取れたのは初めてよ。ありすとか何とか言ってたわね」

「僕も、後は判らなかったけど……」

「外傷はたいしたことないようなの。ただ頭を打ったみたいで……ハンドルにぶつけたらしいのよ。今だってかなり腫《は》れてるみたいよ。それで一旦松野病院に運ばれたのがこっちに回されたの。午後にCATってレントゲンみたいなの撮るって、さっき看護婦さんが言ってたわ」

「どこで……どうして……一体、事故なんて」

「桃山の……駅の裏の方なんだけど、ずっと登った所にゴルフ場があるのよ。そこへ行くつもりだったらしいの。学校があって、その後はマンションと別荘が二、三軒あるだけでね。マンションの先のカーブを曲がり損ねて崖にぶつかったらしいわ。音でマンションの住人が飛び出してきて、丁度、家《うち》の常連のバンマスが招かれて来ててね、それで家の車だってんで、すぐ連絡してくれたのよ。ドアに山野が音符を描いたからすぐ判ったけど、最初は山野か、あたしだと思って肝を潰したって言ってたわ。違ってて良かったってもんでもないけど。それでも良かったわ。もっと先だったら、あの時間、ゴルフ場に行く人なんかいないし、朝まで判らなかったかもしれないもの」

「なんでゴルフ場なんかに行こうとしたんだろう」

「二人きりになりたかったんでしょ」

看護婦が点滴の瓶を抱えて兄の病室に入って行った。

「あの……それで……百合さんの方は……」

「背骨を打ったみたいで……」元子さんは目を逸《そ》らして首を振ったまま黙ってしまった。

「それで？」

「判らないわ。医者じゃないもの、あたし。行ってみる？」

うなずいて僕は元子さんの後に従ったが、まるで悪夢を見ているようだった。こんな所で百合に再会するなんて……〔整形外科〕の矢印が眼に入ると、一歩毎《ごと》に動悸が激しくなるのが判り、元子さんの声で救われる思いがしたが、〝二人共シートベルトもしていなかったらしいのよ。特に百合さんの方は不自然に体をひねった状態で倒れていたらしいしね〟と、聞かされると、前にも増して頭の芯までずきずきしてきた。階段を下り、渡り廊下を通って新しい病棟に入ると、内庭に面した棕櫚《しゅろ》の木の前のドアから看護婦が四人ほど出てきた。「あそこよ」と、元子さんが言う。

中に入るとベッドの前に母と鷹原氏、そして医者がいた。話の途中だったらしく、振り返った医者に黙礼すると、再び医者は僕らに背を向け、鷹原氏に話し続けた。

「と、いう訳で、まことに残念ですが、現在の医学ではどうしようもありません。ただ、幸い麻痺《まひ》は下半身だけですから、症状が落ち着いたら運動療法に入っていただきます。そうすれば、車椅子の使用も可能だし、社会復帰もお出来になるでしょう」

（麻痺……車椅子……）膝の力が抜けていくようで、思わず壁に寄りかかったが、そのため、今まで医者たちの影で見えなかった百合が目に入った。

(百合……)僕の中の百合が、少女だった百合が、一足飛びに乙女となって……そこに居た。薔薇《ばら》色だった頬は青ざめ、丸かった顎は少し尖り、大人の顔になった百合……白いシーツの上に瞬時、薔薇の花が浮かび、目の前に眠るのは〝いばら姫〟だった。その唇は王子のくちづけを待ちわびるように心持ち開かれ、今にも眼を見開いてにっこりと微笑みそうに見えた。安らかなその顔は先ほどの医者の言葉など他人事と思えるほど……いやこの場所も、この世界も、遥か遠くに置き忘れて、閉ざされた城の奥深い一室で永い眠りに浸る清らかな王女のものだった。

「取り返しのつかないことを……なんとお詫びしたらよいのか……」

嗚咽に紛れた母の声に我に返ると、僕はいつの間にか百合の枕元にいた。医者の姿はなく、母が両手に顔を埋めたまま鷹原氏に頭を下げている。そして鷹原氏は……僕を見つめていた。

途轍《とてつ》もなく非常識なことをしていたような羞恥に襲われ、僕は赤面しながら母の側へ行き、その震える肩を抱いたが、鷹原氏は僕に眼を止めたまま母に向かって言った。

「貴女《あなた》の責任ではありませんよ。いや、誰の責任という訳でもない……。事故だった。百合の……運命だったのかもしれません。神の……この無神論者に対する罰……〝私は在る〟という証だったのかも……僕らへの……」――不意に口を噤むと鷹原氏は無防備に晒された百合を庇うように枕元に行き、こちらを振り向いた。

「お引き取り下さい。先生もおっしゃられたように、もう、手の打ちようもないことのようだし、本人が気付くまでの僅かな時間でもゆっくり休ませてやりたいと思いますから」――抑揚のない言葉が、母に視線が行くと、僅かに温もりの籠もった声になった。「太郎君を責めるつもりもありません。彼も傷ついているし、妹が目覚めてもおそらく同じように申し上げるでしょう。これは……僕ら二人の問題です。お気づかいのないように。ああ、元子さん、御世話になりました」

言葉一つ挟めぬ完璧な拒絶だった。が、横たわる百合に向ける視線も、その前での繰り言も、確かに非礼のような気がして、僕らは改めて深く頭を下げると病室を出た。

午後になり、兄がＣＡＴ検査室《スキヤン》に運ばれると、僕らも一旦病院から引き上げた。母は〝申し訳ない〟の繰り返しで、話もままならず、改めて医者に聞いてみると、百合は脊《せき》椎《つい》、腰椎部を脱臼。馬尾《ばび》神経、神経根ともに損傷を受け、さきにも聞いた通り、下半身麻痺は免れないという。確かに〝取り返しのつかない〟ことだった。

〝今の山野に店を任せておけない〟という元子さんに改めて礼を言い、病院の前で別れると、母と僕は暗澹《あんたん》とした思いで旅館に戻った。

百合の方はどうする術もなく、兄もＣＡＴの結果を待つしかない。僕は取り敢えず母を家に帰すことにした。絵画教室の生徒たちも来るし、父の世話もある。それに、何よりこれいじょう兄や百合を見ていたら、母の方が倒れそうだったからだ。母は〝もう少し様子をみていたいし、山野さんや元子さんにもろくに礼も述べてない〟と言った。昨日から二人にはずっと世話を掛けっぱなしで、病院からこの旅館の世話、それに車の始末から警察関係まで、面倒をかけたという。しかし、〝今から客相手の商売をしている所に行って、礼を言っても却《かえ》って迷惑だし、完全看護の病院で二人も付いていても仕方がない〟と、説得して僕は夕刻、母を帰した。

その足でもう一度病院に行くと、兄は目覚めており、頭の包帯を別にすれば、殆《ほとん》ど普段と変わりないしっかりとした目付きと口調で僕を驚かせ、喜ばせた。と、言っても、鷹原氏から百合のことを聞いたらしく、沈鬱な表情だったが、半覚半睡のような朝の状態を思うとほっとした。あの火事で急性一酸化炭素中毒となり、退院してからまだ一週間しかたっていない。災難続きと簡単に言うには余りに酷すぎた。

「お母さんの方まで病人になりそうだったから、無理に帰したけど、こんなだったら見て帰った方が安心しただろうね」

「来てたの？　知らなかった」

「昨日からずっと。山野さん、元子さんにも随分世話になったって言ってたよ」

「二人にも？　さっき鷹原が来て、今、お前がいる。判っているのはそれだけだよ」

「今朝言ったことも忘れた？　僕に〝覚えてないか？〟って。〝ありす〟とか言ってたけど」

「知らない」――答えてから頭が痛むのか、兄は手を顳顬《こめかみ》に当て、俯《うつむ》いた。

「頭が痛む？　先生、呼ぼうか？」手の陰で口許《くちもと》が歪んでいたが、兄は拒絶した。〝疲れたし、眠い〟という言葉に、それ以上繰り返すのも憚《はばか》られ、病室を後にしたが、一瞬脳裏を掠めた百合にも、一人で会う勇気はなく、病院を出た。

街中に出、軽い食事を摂り、家に兄の様子を連絡すると、帰ったばかりの母の、深い安堵の吐息が受話器を通してまで聞こえ、幾らか気が軽くなった。

昼間、元子さんに描いて貰った地図を頼りに中央町という所に出る。自宅の近くを流れる古川ほどの川を挟んで、飲食店が軒を並べていた。ただし水量はこちらの方が多い。川沿いのだらだら坂を下って行くと、ほどなく『JAZZ　元子』という看板が目に入った。微かにピアノとドラム音が聞こえる。ドアを開けると、カウンターの中で元子さんが焼きそばを食べていた。客は奥のコーナーに一人……と、思ったら山野さんで、寝ているのか、音楽を聞いているのか、片手にグラスを持ったまま、テーブルにうつぶせになっている。

「あら、いらっしゃい。今ちょっと間が空いたもんだから御飯食べてるのよ。淳さんは？　何か取る？　何でもあるわよ」

「よう、淳坊……」顔を上げた山野さんがよろよろと近付いて来た。もう相当回っているようだ。「どうだ、兄貴の具合は……」

僕は先刻の様子を二人に伝えた。

「悪運強いやつめ……」山野さんが僕に凭《もた》れながらつぶやく。白目に血管が浮いていた。

「あいつは何にあったって大丈夫さ。神に愛されてるんだ。Sデパートの大個展が始まる前にくたばったりするもんか。もっともっと有名になって、天下の山崎……世界の山崎太郎に……なぁ、淳坊、俺たちとは違うんだ」

「あんたと、でしょう。淳さんまで一緒にしないでよ」

「あいつと比べたら誰だって同じさ。月とすっぽん、鯛とめだかだ」

「なに出鱈目《でたらめ》言ってるのよ。同期の鈴木の信さんだってまだパリで頑張ってるじゃない。そりゃ太郎さんみたいに派手に売り出しはしないけど、とにかくやってるわよ。酒飲んでくだ巻いてるだけなら二階に行ってよ。お客さん来ても皆帰っちゃうじゃないの」

「はい、はい……女は強い。元子さんは強い。鈴木なんて……俺だって親に金があったら、まだパリに居たよ。……淳ちゃん、泊まってけよ。帰ったら絶交だぞ」

ふらふらと山野さんの姿が階段を登って行ってしまうと、僕はそっと元子さんに聞いた。「ずっとあんななの?」

焼きそばの残りに箸を動かしながらうなずいた元子さんから眼を逸らすと、僕は腰を浮かせた。

「あら、どこ行くの?」

「うん……旅館に戻ろうかと思って。また明日来ます」

「だめよ、帰ったって聞いたら、山野、がっかりするわ。そうだ、引き払って、荷物持ってらっしゃいよ。泊まってよ。お母さんの時はそうもいかないけど、淳さんだったら上で雑魚寝《ざこね》でもいいでしょ？　ね、お願い。あの人、あれで、言い出したら聞かないんだから。ね、ね？　あれでもやっと口を利くようになったのよ。昨日までは死んだ魚みたいだったんだから。ね？　お願い……」

元子さんの縋《すが》るような顔と声にうなずきかけたが、「まだ何日か居るつもりだから、明日から御世話になります」と言って店を出た。その気はなかった。これ以上面倒をかけることなどできる訳もなく、それに今は独りで過ごしたかった。

観光客の漫《そぞ》ろ歩く海岸通りに出ると、暗い海に漁船の灯が浮かび、遥か沖合に灯台の明かりが点滅している。父、母、兄、そして元子さん、山野さん、春江さん、恭平君、鷹原氏、百合……誰が悪いというのでもないのに、皆が傷つき、辛い思いをしている。それでも世界は穏やかで何も変わりはしない。なんだか無性に物悲しく、腹がたった。

翌朝、淡いピンクの薔薇の花束を二つ、花屋で誂《あつら》えると僕は病院へ行った。おそるおそる百合の病室を覗くと鷹原氏の姿は見えず、看護婦が二人いたので花を預けて兄の病室に行く。どうにもならないこととはいえ、いずれ鷹原氏とも、どのように謝罪すればよいのか、話さねばならないだろう。

兄は昨日より更に元気で顔色も良かった。ただ、百合のことを思えば当然だろうが、表情は暗く、僕の話には上《うわ》の空。突然、口を開いたかと思うと、言うことは〝もう何ともないから退院する〟ということばかりだった。気が変わりやすいのは昔からだが、宥《なだ》めるとぷいと横を向いてしまう。いつも毅然と取り澄ました表情しか知らない兄の、この子供のような態度に僕は戸惑ったが、反面、こうした生の感情をぶつけられるのは嬉しかった。他人以上に気兼ねして接してきた兄の、常によそよそしかった兄の、初めての肉親としての我が儘のような気がして、見たことのない拗ねた顔をすればするほど楽しくさえなった。それでも終《しま》いには言い争いの様相さえ帯びてきた〝退院問題〟に、僕はさすがに辟易《へきえき》とし、昼食が配膳されたのを機に〝また夕方にでも〟と、逃げ出した。

宿に帰ると驚いたことに、山野さんが来て、僕の宿泊代を精算し、荷物も持って行ってしまったという。

元子さんの店に行くと、昨日よりはこざっぱりとした山野さんがにやにやしている。元子さんは入れ違いで病院に行ったという。

「今朝は散々元子に絞られたよ。行きずりの観光客ならともかく、淳さんまで俺を見て逃げ出したってね。それに君のことだから単に〝来い〟ったって遠慮して来ないだろうし、強行手段に出た訳だ！　とにかく今度のことだって金が幾らかかるか判らんし、無駄遣いはよせよ、な」

「ありがとう。じゃ、甘えて御世話になります。お金っていえば、あの、宿代と、それに車の方、遅くなったけど……どうなったんですか？　兄の方も急な入院でいろいろ揃えて戴《いただ》いたみた……」

「よせよ！」山野さんは最後まで言わせなかった。「水臭いこと言うなよな。旅館は知り合いだし、太郎のとこだって家からありあわせのタオルかなんか持っていっただけだよ。車だって人間様の怪我の割りには大したことなくってさ、へこんだとこなんかそのままでいいから動くようにだけしろって……突貫でやれ！　ってね、友達の修理工場に出したけど、もう今日の夕方には出来てくるしさ。何年かここに住んでると、俺も顔がきくようになってね。みんな付け、付け。気にすることないよ」

山野さんが捲《まく》し立てている間に元子さんも戻り、ちょうどかかって来た電話に出てる間にお客も入り、話は中断されたが、受話器を置いた元子さんの様子に、僕は思わず声をかけた。薄暗い店の中で顔色こそ判らなかったが、眉を顰《しか》めて茫然《ぼうぜん》と空《くう》を見つめる顔は元子さんらしくなかったからだ。

「兄か百合さんに何か？」

「ううん」――元子さんはすぐさま頭を振ったが、洗い出したコップをすぐに割ってしまった。瞬間、指を銜《くわ》えた元子さんに、僕は驚いて立ち上がったが、目が合うと「たいしたことないわ」と、肩を竦《すく》めて、照れたように笑った。だが、下ろした右手の指先からは赤い筋が引いている。

「ちゃんと、手当てをした方が……」と言いかけた僕の言葉は、丁度入って来た男たちの陽気な挨拶と、答える元子さんの声に掻き消された。

ホテル等に出演している馴染みらしいバンドの人たちで、レコードも、彼らのリクエストで軽快なディキシーランドに変えられ、店は一遍に陽気なニューオリンズとなった。山野さんも巨体をくねらせつつ、テーブルとカウンターの間を往復していたが、やがてショーの始まる夕暮れ時、彼らが引き上げると、あちこちへこんだままの車も届き山野さんと僕は元子さんに店を任せ、また病院へ行った。

兄はやはり〝退院する〟と言い続け、僕たちは仕方なしに医師に容態を聞きにいった。まだ若く、顎の線の鋭い医師はコンピューター室に案内してくれ、フロッピー・ディスクを取り出すと、〝ここにお兄さんのCATが記録されています〟と、言って、モニター画面を見るように指示した。

医師の説明はその難解さを自らが楽しむがごとく、医学用語で繋ぎ合わされ、次々に変わる画面に、大学で受けた解剖学を思い出したくらいで、煙に巻かれた状態で僕たちは礼を述べて戻ったが、結局要約すれば心配していた異常はないらしく、本人も元気なことから、明朝の退院を許可された。ただし、東京に戻ってもう一度、精密検査を受けた方がいいかもしれぬ、もし良ければ紹介状も書いてくれるということだった。

兄に告げると〝何故今日じゃいけないんだ。何ともないし、これ以上の検査など必要ないよ〟と、つぶやいたが、それでも今夜一晩の辛抱と宥めて、僕たちは百合の病室に行った。

ドアから小さな女の子が顔を出し、僕たちを見ると、またすぐ引っ込んでしまったが、すぐ出てきた鷹原氏に兄の退院を告げ、見舞いの花束を差し出すと、短く「おめでとう」と言い、百合への見舞いは拒まれた。

「見舞いというのは慣れてないので、本人も嫌がるでしょう。落ち着いたらまた……」

決して怒っている風ではなく、初めて彼に会った時から受ける印象……慇懃無礼という感じで、僕も「改めて伺わせていただきます」と、だけ言って引き上げた。百合に導かれて彷徨ったあの屋敷を、あの庭を思い浮かべながら、三日前までは軽やかな足取りであの階段を、あの廊下を、あの林を歩いていただろう百合の、これからの車椅子での生活を思うと、どのように償えばよいのか、僕には見当もつかなかったし、どのような言葉を言えばよいのかも判らなかった。

山野さんも同様な思いに沈んでいるのか、言葉少なく僕たちは店に戻った。

元子さんに明朝の退院を告げると、「そんなに早く出て大丈夫なの？」と、言いつつ喜んではくれたが、「あら大変、着替えがいるじゃない」と、慌てて二階に行った。そういえば事故で洋服もぼろぼろ、こんなに早く退院とは思わなかったから僕も持ってきていない。そんなことにも気が回らず、ただ行って、のこのこ帰ってきた僕は、うろたえて二階へ後を追ったが、すでに簞笥《たんす》から引っ張り出した衣類を包んでいる元子さんの素早さに、舌を巻いた。先ほどの放心したような顔が嘘のようだ。

「山野のだから、太郎さんにはぶかぶかでしょうけど、一時凌《しの》ぎだからいいわよね。ちょっと行って来るからお店お願いね」と、立ち上がったが、小声で「山野が飲まないように見張っててね」と、付け足した。

元子さんがドアを閉めるのと、山野さんがボトルに手を伸ばしたのはほぼ同時で、外はまだ明るさが残っていたが、山野さんの作ってくれた水割りに僕も口をつけた。

暫《しばら》く二人共黙って、ミンガスの『黒い聖者と罪ある女』に耳を傾け、お酒を飲んだ。客は同年配ぐらいの男が二人、一人は静かに雑誌の頁《ページ》を捲《めく》り、一人は石像のごとく、音に浸っていた。轟《とどろ》き、逆巻く、音の渦巻きに、それぞれの沈黙が平行した静寂の世界を形造り、音と共に流れて行く。この暗黙のうちの〝沈黙協定〟は、いつも心地良かった。

僕の頭はいつしか昨日会った、百合の残像で占められていた。僕の内に眠り続けた〝いばら姫〟は、本当に十二年間、そのまま眠り続けていたように、僕の前にあった。兄との婚姻の約束も、忌わしい事故も、まるで全てが一夜の悪夢のように、百合から離れ、ただひたすら眠りの中で成長し続けたように、穏やかに、安らかに眠っていた。眠る百合の唇に接吻《せっぷん》する僕の姿が頭に浮かんだ途端、僕は現実に返った。〝美女と野獣〟〝蛙の王子〟……お伽噺では皆美しい王子に変身するが、僕はずっと見栄えのしない、うだつの上がらぬ男のままだ。百合の横には兄こそ相応《ふさわ》しい。そう思った途端、何故か鷹原氏と兄に挟まれた百合の姿が浮かんだ。陰と陽のそれぞれの王子の間でなんと百合は見事に収まることだろう。僕は後ろに控える下男でしかない……

がやがやと声高に喋りながら入って来た男たちに、僕の夢想から夢想に走る悪い癖は破られ、店の雰囲気は一変した。音楽関係らしい八人の男の注文に応じるため、山野さんは活動開始、僕も見兼ねてカウンターの中に入った。

一渡り出し終えて、ほっと一息ついた山野さんが、思い出したように、伝票などの入った小引き出しから引き裂かれた紙を出し、僕に見せた。俎《まないた》の上で合わされた紙は絵葉書のようで、宛名は兄になっている。赤インクで数字と外国語……

「一昨日、元子がお宅に伺っただろう。その時に見つけたって、持ち帰ったんだけどね。太郎の部屋の屑籠《くずかご》に入ってたって。〝それだって泥棒だぞ〟って言ったんだが、ほら、あいつも俺のおかげでフランス語は僅かだけど知ってるし、少なくとも金に関する単語この数字がまず眼に入ったらしいんだ。大した金額だろう？　穏やかな内容じゃないし、は覚えたみたいでね。それで、完全には判らないまま、つい持ち帰ったって言うんだ」

大学でフランス語の授業はあったものの、ろくに出た覚えもない。それでも殴り書きされた赤インクの文字はまともな手紙には見えなかった。

VOTRE PAYEMENT est de 200,000-
LA BOURSE OU LA VIE

「読めませんよ、僕」

「要するに二十万フラン支払えってことさ。二行目は〝財布か人生か〟。ヴィクトル・ユゴーか何だったかに出てくる台詞《せりふ》でね、一頃流行った脅し文句だが、つまり払わなければ殺すってことさ。立派な脅迫状だ。しかも絵葉書に殴り書きとくれば、おおっぴらな脅しって訳だろう。誰に見られても構わない。お前の方に弱みがあるって……ざっと換算しても五百万円。結構な金額だよ」

「なんで、こんな……」

「だろう？　俺は二年ぽっちで帰ってきちまったから判らないが、あいつ、パリで何してたんだろう？　この差出人のラモン・デ・ドゥランってのは俺たちと同じアトリエに居たやつでスペイン系のフランス人でね、仲間うちでは評判悪かったよ。小賢しいホモ野郎で……おまけに金のためなら贋作だろうが盗作だろうが何でもやる……太郎だって相当軽蔑していたはずだ。だけど……俺同様年中ぴーぴーしてた奴だったし……太郎があいつに借金するっていうのもうなずけないな……」

「兄に聞いてみた？」

「いや、これ自体、元子が勝手に持ってきたもんだし、へんに穿鑿《せんさく》するみたいで聞き辛くてね。淳ちゃん、何も聞いてないかい？」

　僕は黙って首を振った。今までにだって兄が個人的なことを僕に言ったことなど一度もない。少なくとも今までの兄は、誰よりも遠い存在だった。

　あの女《ひと》が亡くなった翌年、母が父と結婚し、今の家に入ると、貯蓄も遣い果たしていたこともあって、それまで居た武さん夫婦は父の友人の家に勤めを変えて貰い、住んでいた別棟は取り壊すはずが、兄の希望で改造して兄の住処《すみか》になった。その時は〝大学受験のため〟という兄の提案だったらしいが、大学に入ってからも、そうして先月フランスから帰ってからも、そこは兄の〝家〟となり、庭を挟んで三メートルしか離れていない母屋《おもや》にもめったに顔を出さなかった。〝食事くらい〟という母の言葉も〝台所もあるし、不規則だから勝手に食べる〟と再三断られ、父も兄も否定はしているが、何か僕と母が追い出したようで、いつまでたっても他人行儀なところが残っていた。おかしな話だが、山野さんの方がよほど近い、身内に思える時がある。

だからといって仲が悪いというのでもない。それよりもっと悪い、慇懃無礼……まるで僕も母も、兄の視界にはないようだった。

それでも……兄は……火の中に飛び込み……僕の絵を取って来てくれた……

「おい、また夢の中かい？」

山野さんに小突かれて、僕はぴかぴかになりすぎた皿を戸棚に仕舞ったが、もう弾むベースもピアノも、耳を通り過ぎるだけのものになっていた。

「嫌なことが続きすぎるからな……」と、山野さんはつぶやいた。「とにかく、何でも、変だなと思ったら知らせてくれよ」

「ありがとう」

一時間ほどして賑やかな八人組が引き上げると、店はまた〝音〟だけの世界に戻ったが、それもほんの束の間で、元子さんが帰ると、同じぐらいの賑やかさになった。

「無理かなぁとは思ってたんだけどね、パンツがやっぱりだめで、胴はぶかぶか、丈は寸詰まり。笑い転げちゃったわ。結局、寸法聞いて買いに行ったのよ。それですっかり遅くなっちゃった。でも珍しく真面目にやってたみたいね。バーテンさんも二人に増えてるし」

元子さんに代わって、カウンターから出ると、山野さんまで付いてきてしまった。

「バーテン廃業。客になるよ」

「百合さんの方も覗いてみたら、鷹原さんと由里香ちゃんまで来ててね、廊下でシャットアウト。無理もないけどね」

「由里香ちゃんて？」最前の少女を思い出して僕は訊ねた。まだ幼いが百合に顔立ちの似た可愛い娘だった。『不思議の国のアリス』のような……ふと浮かんだアリスのイメージは兄の言葉と重なった。〝覚えているか？　ありす〟……アリス……あの遠い夏の日の百合のことだろうか？　少女だった頃の……いや、兄は僕が百合と会ったことは知らないようだ。では……アリス……アリストテレス……Arithmetic（算数？）……まさか……アリストクレス……アリスティオンの墓碑？……

「鷹原さんのお嬢さんよ」——ぶっきらぼうな元子さんの言葉は僕を現実に引き戻した。日野皓正《てるまさ》の『黒いオルフェ』に体を揺すりながら、元子さんも飲んでいた。隣でなまこのようにカウンターにへばり着き、アルコール漬けになっている山野さんに比べ、元子さんの方は兄の退院が決まっただけでもほっとしたのか、生き生きと魅力的に見えた。

「彼、結婚してたの？」——意外だった。彼の背後に家庭などというものは考えもしなかったからだ。

「してるどころじゃないわよ。あの人の別名知らないの?」——意味ありげに顔を寄せて来た元子さんは、山野さんの〝よせよ、井戸端は〟という言葉を無視して「あ・お・ひ・げ!」と囁いた。

「あおひげ?」

「そうよ、青髯《あおひげ》。あるでしょ? 童話に。娶《めと》った奥さんを次々に殺していく男。あれなの。三度結婚して、最初の奥さんはすぐ離婚。二度目の奥さんも一年ぐらいで別れたけど、少し頭が変になってたそうよ。三度目の奥さんは……由里香ちゃんのママだけど、自殺。それに蔦《つた》屋敷自体が青髯の館みたいでしょう? 由里香ちゃんが不憫《ふびん》だわ」

「でも……あんな小さな娘を残して、どうして?」

「そんなこと、自殺する人の心理まで判らないわ。結婚して半年ほどたってから三人……鷹原さんと奥さんと百合さんでイギリスに行ったのよ。子供時代に家庭教師をしてくれたメアリー夫人とかを訪ねるのと、執筆の仕事も兼ねてね。一年ほど滞在してあっちで生まれた由里香ちゃんを連れて帰り、それから……数か月後よね。この先の〝恋ケ淵〟ってとこに飛び込んじゃったの」

「でも……鷹原さんって、まだ、若いでしょう?」

「家《うち》のより三つ上だから……三十二かしらね、だから〝青髯〟なんて呼ばれるのよ。もっとも由里香ちゃんもいるし、幾ら資産家でも、もう花嫁のきてはないいんじゃないかしらね」

元子さんの長話の間に最後の客も帰り、気が付くと勝手にメーターを上げていた山野さんは隣で高鼾《たかいびき》だった。僕も勧められるままにもう四、五杯空けており、瞼がくっつきそうだった。

狭くて急勾配の階段を巨体の山野さんを背負って登る訳にもいかず、元子さんが上で布団を敷いている間にやっとの思いで何とか立たせ、歩かせた。

二階は六畳、四畳半の二間で、四畳半の方は山野さんのアトリエになっているので、二階全体がテレピン油の臭いで満ちていた。僕は嗅ぎ慣れていて却って落ち着くが、元子さんは慣れるまで大変だったろう。

六畳の、箪笥や三面鏡、それにお店用の食料品の詰まったダンボールの間で本当に雑魚寝だったが、山野さんを横にした途端、僕も寝入ってしまった。

洋服を着たまま目が覚めて、これも塡《は》めたままだった腕時計に目をやるともう昼近かった。隣で折り重なるようにして寝ている山野さんたちを起こすのは気が引けた。

不精髭《ぶしょうひげ》の生えた山野さんは僕と同様、昨日の服のままで、山野さんの半分ぐらいにしか見えない小柄な元子さんの胸に顔を埋め、胎児のような恰好《かっこう》で鼾をかいているし、元子さんの方はそれでもパジャマを着てはいたが、山野さんの頭を包むように絡めた手が妙に色っぽく、僕は思わず目を逸らした。おまけに昨日傷つけた左手に巻かれたハンカチは元子さんらしい応急処置なのだろうが、艶《なまめ》かしいピンクときている。僕はそっと身を起こすと置き手紙を書き、病院に行った。

兄は既に退院していた。真っ直ぐ家に帰ったのか？　店に電話を入れてみたが、まだ寝ているようで誰も出ない。

取り敢えず、僕も帰ることにした。

家の前に物々しい警官の姿を見て、何事かと足を早め、戸に手をかけると、素性を尋ねられた。僕の方こそ何なのか、聞きたかったが、「どうぞ」と言われた途端に路地を駆け出していた。二つ目の戸を開け、庭に入った途端、僕は視線の集中砲火を浴びた。父、母、兄、警官たち……犬のインディアンとグレイが擦り寄って来る。兄の顔は幽鬼のように蒼ざめ、暗かった。

兄がよろめきながら近寄り、呻《うめ》くように言った。

「お前か……お前がやったのか……」

三

（お前がやった？）……意味を問い返す間もなく、駆け寄った父の平手が飛び、兄は姫《ひめ》女苑《じょおん》の咲き乱れる中に倒れてしまった。

「弟に、自分の弟になんてことを言うんだ！」

ついぞ暴力など振るったことのない、この父の仕打ちに、茫然としながらも僕は兄を起こそうとしゃがんだが、兄は一人で立つとそのまま外へ行ってしまった。

「今、熱海《あたみ》からお帰りですか？」

落ち着きはらった男が僕に声をかけ、回りの様子からも刑事と知れたが、彼によって初めて僕は兄の絵が荒らされたことを聞き、まだ何か言いかけている男を後に、兄のアトリエに駆け込んだ。

ドアを開けた途端、異様な臭気に僕は噎《む》せてしまった。北側の窓に寄せられたキャンバスから立ち昇る強烈な酸と、油の臭い。涙と鼻水が出てきたが、それでも一枚、一枚を確かめずにはいられなかった。

「随分念入りにやったものですなぁ」——さっきの刑事が入ってきて声をかける。「今、貴方《あなた》がされているように、そうやって一枚ずつ端から硝酸をかけていったようで……もっともかけたのはあっちの棚に仕舞われていた時のようですがね」と南側の棚を指し示した。棚といっても、天井からキャンバス二枚分の幅を置いて、仕切り棒を建て、何十枚かを差し込めるようにしてあるだけだ。「ほら、ちょうど、このキャンバス分、空いた部分の床もやられているでしょう。よほどの怨《うら》みと執念を持っていたようですな。私は絵のことは判りませんが、でもそんな大穴をあけられちゃ、もう商品にはならんでしょう。いや、芸術品は商品とは言わないのかな」

あまりのことに返す言葉もなく、ただキャンバスを見続けたが、とうとうそこにあった最後の一枚まできてしまう。……全てがぼろぼろだった。眩暈《めまい》を感じながらも南側の棚に行き、納められているキャンバスを見る。こっちは大丈夫。……全部に目を通した途端、膝から力が抜け、僕はコンクリ敷きの床に座り込んでしまった。

「淳《じゅん》ちゃん……」肩にかけられた手に顔を上げると、泣き腫らしたような目の母だった。

「体に悪いわ。外にでましょう」

母屋《おもや》に行き、その刑事に話を聞き、僕も聞かれた。臭気の残り具合から犯行は昨夜から今朝にかけて。今朝帰った兄が戸を開けて惨事に気付き、通報を受けたが、絵以外に荒らされている形跡はなく、怨み、妬《ねた》みによる犯行だろうという。しかし、戸も窓も、全てきちんと閉まっており、合鍵でもない限り外からは入れなかったという。

そこまで聞いて、初めて僕はさっきの兄の言葉の意味、そして刑事の尋問のような口調が判ったが、怒りを覚える気力も失せ、茫然と問われるままに答え続けた。

「なにより不思議なのはどうやって入ったか？　そして何故全部やらなかったのか？と、いうことですな」と刑事は言った。

荒らされたのは十一点。兄の話では三十二点の全作品を棚に納めておいたという。それを選んだという訳でもなく、一番左側、つまり戸口の側から順に硝酸をかけていき、何故か十一点でやめ、しかもそれだけを取り出して南側の窓際に寄せたのはなぜか？ということだった。

「そこから考えると時間切れ……つまり、忍び込んだのが明け方近くで、ぐずぐずしていると家人が起き出してしまう、そこでやめたということも考えられますがね。しかし、それなら……ああまで中心を狙ってじっくりと一枚ずつ酸をかけていくより、場所など気にせずかければすぐ済むとも思うのですがね。意図的に中断したとしか思えない。そこが判らんのですよ」

真っ先に頭に浮かんだのはあの葉書、山野さんに見せられた朱書きの脅迫文……払わなければ殺すという、あの葉書だったが、それを言うべきか躊躇《ためら》っている間に、熱海に問い合わせたらしいもう一人の刑事の言葉で僕への容疑も一応晴れたらしく、刑事たちは引き上げていった。「それにしてもお宅の犬たちは役立たずですな」と、言うのが、最後の台詞《せりふ》だった。

猫のように頭を擦り寄せ、鼻を鳴らすインディアン・レッド、グレイ、スポッティを抱き寄せ僕は泣いた。お前たちも、僕も……誰にも非難されるいわれなどない……何故こんなことばかり……グレイの湿った鼻が押し付けられ、涙が舌で拭《ぬぐ》われたが、いつまでたっても涙は溢れ続けた。

両親の挨拶する声に顔を上げると春江さんだった。

〝太郎さんがお見えになって〟と言ったきり、僕の泣き濡れた顔、両親の暗い顔に、戸惑ったような表情でアトリエの戸口に立っていたが、父の招きに気を取り直したように入って来た。

田町のマンションに突然来た兄が、〝秋の個展は出来ない〟と、言ったきり、出ていってしまったという。暫《しばら》く待っても戻る様子もなく、電話を入れても通じず、一人でやきもきしているよりはと、来たらしい。

「それは……また、大変御迷惑をかけてしまって……太郎の方の電話は鳴ってもこっちには聞こえんのです」――デッサン用の、木箱を伏せただけの低い椅子にそのまま坐り込むと父がつぶやいた。「奥へ」と言う母の言葉に「いえ、ここで結構です」と、春江さんも手近の椅子に坐る。犬たちがさっそく甘えだした。

僕らはぼそぼそと昼間の件を伝えたが、驚いた春江さんの要望で、僕は兄のアトリエへ案内した。臭気はまだ消えず、ハンカチで鼻を押さえたまま、残骸と化したキャンバスを見るうち、僕の目には再び涙が溢れてきた。

啞然とした面持ちの春江さんと、母屋に帰ると、母が応接間に茶を用意していた。僕らは暫くの間、言葉もなく、猫たちが徘徊する影の薄くなってきた庭に目をやっていたが、兄の帰る様子もなく、「先月……」と、春江さんが口を切った。

「画廊で起きた火事も失火ではなかったのかもしれませんね」

「太郎に怨みを持った者の仕業……ここまで来るとそう思う方が自然でしょうな」と父。

「そうだとすれば、太郎のために三谷さんは亡くなられたことになる」

「いえ、三谷のことは……勝手に火の中に飛び込んで行ったのですから……ただ、余りにも陰険です。乱暴で、卑怯ですわ。画家にとってこんなふうに絵を失うことがどんなに辛いか、淳さんだって巻き添えになって……ごめんなさい。こんなこと、申し上げても、何にもなりませんわね。……ただ……あの火事は……太郎さんを責めるつもりは毛頭ございませんけれど、あの火事は腑に落ちなくて……煙草の火が原因の失火とされましたでしょう？　あの日は太郎さんの個展の最終日で人の出入りも多かったし、灰皿も山のようでしたけど、私もアシスタントの近藤さんも日頃から火にだけは気をつけておりましたから、充分に後始末をしたつもりでしたし、ただあの後……淳さんの準備で……私は……太郎さんの方の記帳付けやらありましたし、早々に帰ってしまいましたが……失火とすれば、あの後としか思えません。ただ……三谷も火にだけは神経を使っておりましたし……今度のことを考え併せると、失火ではなく、故意に……」

「じゃ、あの場にいた者が……ということですか？」僕はつい口を挟んだ。（あの場にいた者……そんなことが！）

「いえ、単なる憶測に過ぎませんけど、でも……調べでは火元は事務所と倉庫の間あたりと言われましたの。倉庫の中は作品だけ。事務所も倉庫寄りには事務机と……ドアを置いて流しだけ。火の気なんてあり得ませんからね」

母が恐ろし気につぶやいた。「……誰かが故意に火の付いた煙草を燃えやすい所に置いていった……ということですか？」

「どうしても割り切れなくて……恭平《きょうへい》にもあの後の様子を聞きながら……それでも〝そんなことはない〟って、私自身否定してきました。思うのも哀しゅうございましたからね……でも、今度の件は明らかに〝誰か〟のしたことですよね？　あの火事からまだ三週間、今度こそ火事も失火とは思えなくなりました。おかしいでしょうか？」

誰もが力なく首を振ったが、それ以上追求するのも恐ろしかった。あの日、あの場にいた者……僕、兄、三谷さん、恭平君、そして山野さん、元子さん、鷹原《たかはら》氏……先日の兄の事故、あの後だったら……百合《ゆり》をあんな目に合わせてしまった後だったら……鷹原氏、ということも考えられる。だが、あの時の兄の様子も確かに変だった。鷹原氏と連れだって戻って来てからの兄の不機嫌な顔……だが、ずっとフランスにいて、交際も絶えていたろう鷹原氏が兄にそれほどまでの……僕の絵を巻き添えにし、画廊を燃やし、そんなにしてまで兄の絵をなくす理由があるだろうか？　いや、本当は鷹原氏のことなど思ってもいない……唯一残された動機を持つ者は山野さんしかいないではないか？　だが、この間の元子さんの悲嘆にくれた顔……〝山野はだめになってしまうわ！〟……山野さんだって被害者だ。現にあの直後からもう、放火犯人と中傷され……だが……先日のあの事故！　あの車も山野さんのだった！　だが、しかし……昨日僕は彼の家に泊まり、あの狭い部屋で雑魚寝《ざこね》をし、今朝まで共に過ごした。確かに酔い潰れて寝てしまったけれど、でもいつ目覚めるかもしれない僕や元子さんを置いて熱海から東京を往復し、あそこに忍び込むなどということを考えるだろうか？　不可能だ……思わず、安堵の溜め息を洩らしながら、僕は視線に気付き、春江さんを見た。山野さんがこんなことをするなんて考えたくもなかった。

春江さんは僕から目を逸《そ》らすと庭に目を向けた。その先には兄の家がある。

「全て閉まっていたと先ほど伺いましたけど、戸も窓も。あそこには太郎さん一人がお住まいなんでしょう？」

「元は使用人の住居だったんですがね」と父。「一階は車庫で、二階を住処《すみか》にしていました。先妻が長い患いで、熱海に療養させていたのですが、あれが逝ってこの女《ひと》に来て貰ってから、ま、蓄えもなくなっていたし、余所《よそ》にいって貰いましてね、車も熱海にそうそう行くこともなくなったので処分しました」

父がなぜこんなに内輪のどうでもよい話を長々とするのか、僕には判るような気がした。〝誰が〟などという追求を、父もしたくはなかったのだ。

「そうしましたら太郎がね、車庫をアトリエに改造して、上に自分が住みたいと言い出したのですよ。こっちもそう広い訳じゃないし、家族も増え、犬や猫も雑居して、週に何日かは絵画教室の生徒たちで騒がしいし、大学受験前だったからそれも良かろうと思って……」

「あそこの鍵は……」痺れを切らした春江さんが言った。「幾つございますの?」

「幾つって、太郎が一つ、あと合鍵が家に一つあるだけだと思いますがね」父ががっかりした口調で答えた。「台所の釘に他のと一緒にぶら下げてありますよ」

「門の方は……夜も鍵をかけませんの?」

「子供たちが頻繁に出入りしますしね。教室のない日でも遊びに来るし。庭に限れば隣のビルの裏から塀を乗り越えれば太郎の家の裏ですし、わざわざそうやって来る子もいるほどでね……さっきも誰か来てないか聞いてきたな?」

「洋ちゃんのママですわ」と、母。「今日は誰も来なかったけれど」

「そういう訳で、簡単な掛け錠だけですよ。金網から手を入れて、誰でも開けられる。もともと犬たちが外へ出ないように作っただけの簡単な物ですからな。そうでなければ門も必要ない」

「夜中に犬たちが吠えたりしませんでした?」

「さっきも刑事さんに馬鹿にされたが、家のは大きい図体だけで、全く吠えんのです。甘えるだけで、たまに嬉しい時に一声上げるくらいかな。吠えるのも甘えの一つでね。

あれは……泥棒が入っても、強盗が入っても擦り寄っていくだろうて」

呆れた顔の春江さんに寂しげな笑顔を向けて両親は坐っていた。さも間の抜けた家族に見えたことだろう。

「あいつ、どこへ行ったんだろう……」――父のつぶやきに、「そうでしたわ」と、春江さんが腰を浮かせた。「戻られているかもしれない。車をお貸ししましたの」

「車を！」母の声音と青くなった顔に不思議そうに首を傾げて春江さんは立ち上がったままうなずいた。

「ドライヴしたいからっておっしゃって。あの時は酷い顔色で、それしかおっしゃらず……事情を知れば無理もございませんけど……恭平と一緒に出かけましたの。……何か……？」

「あの子、事故を起こして……今朝、退院したばかりでしたの」

僕らは改めて三日前の事故を話した。今度は春江さんの方が母より青ざめて、また坐ってしまった。

「そんな……そんなことが……」茫然とつぶやいた春江さんに、父が困惑したように言う。

「この間も急に山野君の所へ押しかけて、無理やり借り出したと聞きました。何故人様にそんな無心をするのか……車など飛ばしてもろくなことはないのに、まして……運転は息子さんが？」

春江さんは困惑したようにただ首を振る。

慌ただしいノックに春江さんは言葉を切り、僕は玄関に走ったが、戸を開けると山野さんだった。

「淳ちゃん！　警察から電話が入って、君のこと……」——出てきた母に挨拶をする。「元子さんは？」と、後ろを窺《うかが》うように首を伸ばした母に、「店をやってますよ。俺……僕だけ飛んで来たんですがね。何か太郎の絵が荒らされたとかって……」せかせかと捲《まく》し立てる山野さんを僕は応接間に通した。

まだ青ざめたままの春江さんは、山野さんを見ると立ち上がってぎこちなく会釈し、そのまま父に話しかけた。声は震えていたが、口調はしっかりしていた。「とにかく私から戻ってみます。息子も帰って来ているかもしれないし。……Sデパートの方へは私から伝えますから。太郎さんは個展は出来ないなどとおっしゃっていたけれど、まだ二十一点ほど残っていますし、会場を変えれば……いえ、大作ばかりだから間隔を取れば予定通り大画廊でもできるかもしれませんし……でも、もう広告作成の時期に入ってますから点数の変更と……大丈夫ですわ……デパートの方はお任せ下さい。太郎さんから……連絡が入ったらすぐ、教えて下さいましね。こちらの方のお電話番号も教えていただけます？」——てきぱきとメモした紙をバッグにしまった春江さんを僕はまた玄関に送った。うろたえながらも気丈に、そして兄のために最善の策を取ろうとしてくれる春江さんに僕は感嘆していたが、「気をつけなさいね、あの人……」玄関口で言った春江さんの言葉は、僕の心を刺し貫き、そうして丁度出てきた山野さんが耳にしたのも確かだった。一瞬見つめ合った目をすぐに逸らして、そのまま春江さんが出ていくと、「絵、見せてくれないか？　太郎の……」と、僕より先に靴を履いて出て行ったが、前を歩く山野さんの顔を見るのが怖く、黙って暗くなってきた庭を横切った。

そのまま夕食の時まで、僕と山野さんは兄のアトリエで過ごした。戸も窓も開け放しておいたので、臭いも薄れ、僕らはアトリエ一杯に荒らされたキャンバスを広げたまま兄の絵に見入っていた。高速道路を走る車の音だけが響き渡り、安《やす》普《ぶ》請《しん》の家を揺るがす。

「酷いな、こいつは」と、入った時漏らした以外、山野さんも言葉を失い、僕も無言だった。僕は感動していた。

今までは焼け爛《ただ》れたキャンバスの傷跡ばかりに目が行っていたが、こうして広げて残された部分を改めて見ると、その素晴らしさに心を打たれた。画廊で燃えた作品とは全く違う……見事な出来だった。描かれているのは前と同様に、闇の中に浮かぶ顔だったが、幾重にも重なる幻のような顔の表情、そして微妙に変わる闇の、黒の色調……ローズ・ヴァイオレット、セルリアン・ブルー、グリーン・グレイ、ローズ・コンポーゼ、目映《まばゆ》いほどの色を孕《はら》んだ闇は漆黒の闇と交わり、そこに重なる幻は今にも動き出しそうに生き生きと力強く、声なき叫びを上げていた。

「〝ジャンヌとその兵士たち〟……ジャンヌ・ダルクかな……モローじゃないよな。不思議なテーマだな」

　キャンバスの裏に書かれた題に目をやった山野さんがつぶやいたが、そう言われてみると、三色旗らしいものも微《かす》かに見て取れる。大概中心にあるので、顔の部分は焼けてしまいよく判らないが、一人だけ女のように肌の色が白く、柔らかいのがジャンヌだろう。半具象なので、確かには判らないまでも、そう思って見ると、男たちの頭に青く光るのも兜《かぶと》と取れる。だが、そんなことより僕の心を捉えたのは一人の男の顔だった。他の顔とは違う、毅然としたその表情は、ジャンヌが中心にあるように、どの作品でも決まって絵の左隅に位置し、そのため、損傷も免れていることが多かったが、その高貴で知的な、そのくせ他の誰よりも暗く冷たい眼差しは見ている僕の心まで氷の刃で刺し貫き、蒼白い炎で心の臓を絡め取った。どこか鷹原氏に似た……しかしもっと……超人的な、人間離れした表情は神とは遠い、悪を具現化したような、恐ろしい、そして美しい顔だった。このような顔をどこで兄は見つけ、描ききることができたのだろう？　それは僕の求めるものではなかったが、何かしらの真実を秘めた一つの頂点であることに違いなかった。そしてその強さは僕を恐れさせ、感動させた。

　兄は確かに〝何か〟を摑み取った。僕が捜し、希求している〝真実の断片〟を。それが僕とは方向の違うものであれ、心を打つのは美の王国に、兄がすでに足を入れている証拠だった。

「凄い気迫の籠もった作品だというのは判るが、何か嫌だな。邪悪な感じを受けるよ。

上手く言えないが、見てる方まで毒に当てられそうな、呪術的な……悪魔的な……俺の僻《ひが》みかな」

山野さんの視線もその〝男〟に向いていた。いや、正確に言うなら、山野さんの視線が向いていたのではなく、その男の……その絵の男の視線に射竦《いすく》められていたといった方がいいかもしれない。〝バジリスクの一睨《にら》み〟僕はダ・ヴィンチの手記にあった言葉を思い出していた。その目で睨まれたものは逃げることが出来ないという恐ろしい蛇の眼差し……草を枯らし、岩をも打ち砕くという邪の眼差し……気を取り直したようにそそくさと山野さんが絵を元に戻すと、張り詰めていた空気が一変するのが感じられた。まるでワルプルギスの山頂にでも運ばれていたかのような、夢から覚めたような気分だった。

「こっちのも見ていいかな?」

山野さんは棚に入ったままの無傷の作品を出し始めたが、中心にはやはり回りの男共とは違う、ふっくらとした頬と官能的な厚い唇を持った娘の姿が描かれていた。そしてやはり左隅にはあのバジリスクの瞳を持つ男……。

無傷の絵を見て始めて判ったことは、ジャンヌの視線が常に男に向いているということだった。困惑したように、あるいは哀しげに、しかしどの視線も聖母のような慈愛に溢れる……キリストを見つめるマリアの眼差しだった。だがこのキリストの……ぬばたまの闇より暗いこの顔つき……山野さんが棚に戻して、この視線から解放された時、僕は思わず目を瞑《つぶ》り、体中の空気を入れ替えるほどの長い吐息を吐《つ》いた。無言のまま暫く僕らは向き合っていたが、視界から逸《そ》れたにもかかわらず、納められたキャンバスから立ち昇る力に、妖気に、僕は押し潰され、小さな虫にでもなったような気分だった。

「上は？　大丈夫だったの？」と、二階に登る階段を示しながら言う山野さんに僕はようやくうなずいた。

「警察と父が見たようだけど、絵だけだそうですよ」

ちょうど夕食を告げに来た母の言葉をきっかけに、僕は「出ましょう」と、彼を促した。まだ心が残るように、山野さんは渋っていたが、僕が出てしまうと、致し方なくついて来た。このアトリエに入ったのも今日が初めてだ。二階の個室にまで兄の居ない間に入るのは何か兄の内部を盗み見るようで嫌だった。それに、あの作品だけでも、僕は、見てはいけないものを見てしまったような気に襲われていた。いずれ個展で晒される作品ではあったが……この奇妙な気持ちは敗北感だろうか？　明かりの灯る母屋に向かいながら、僕は自分の胸を占める思いを摑みかねていた。ただ、兄が、今までよりも遥かに遠い人に感じられた。

山野さんへの母の感謝の意を込めた御馳走も、出ていったままの兄のこと、病院にいる百合のこと、そして今回の事件等が口にこそ出さね皆の頭を占め、食卓を覆い、寂しい夕餉《ゆうげ》となった。

食後、山野さんは父母の勧めで泊まることになり、母が僕の部屋へ布団を運び込んだ。

「家《うち》のが何のお役にも立たなくて……」と、枕を置きながら漏らした母の言葉は、僕には何のことか判らなかったが、山野さんはすぐ答えた。

「いえ、とんでもない。先生はあれでいいんです」

「でも……三谷さんの所が駄目になったのですから、他の画廊ぐらい紹介しても……」

「それは……まだ……僕に実力がないというだけで……そういうことをされない方だからこそ、僕は先生の弟子になったんです。〝ただ描け、ひたすら描け……〟今の僕は先生の教えにも反してるし……そういう外向的な方だったら、先生御自身、今よりもっと売り出しているでしょう?」

「そうですね、確かに……」母の淋しげではあるがやっと浮かんだ笑顔に、今では意味の判った僕も吹き出していた。「有難う。私、何だか貴方《あなた》に申し訳ないような気がして……」

「僕は……ん……才能のない……不肖の弟子かもしれませんが、まだまだ先生にしがみついていくつもりですから。今後とも宜しくお願いします!」

蛙のように平身低頭したおどけた山野さんの仕種《しぐさ》に母も返礼し、笑顔のまま部屋を出ていったが、二人きりになると、山野さんの顔は曇り、重い溜め息が漏れた。

「ああは言ったけどね、淳ちゃん。俺は先生を恨んだこともあるんだ。何の後押しもしてくれないってね。太郎を妬んだこともある。だってスタート地点から違うだろう?淳ちゃんもそうだけどさ……あっちは最初から画家の息子、俺の方は油絵どころか印刷した絵すらない殺風景な家の、炭屋の四男坊だ。パリ留学だって大学時代のバイトの金でやっと二年。あっちは親の仕送りで悠々自適。おまけに俺は醜男《ぶおとこ》でぶきっちょときている。奴《やっこ》さんの涼しい顔を見てると妬み心だって起きようってもんだ。でもね、でも……俺は何にもしてないよ。淳ちゃん、誓ってもいい。俺は……」

「判ってます」

ついぞ見たこともない山野さんの暗い、陰惨《いんさん》な顔に、僕は思わず答えたが、それきり口を噤《つぐ》んだ山野さんの顔は晴れず、降り出した雨に向けられた。

重みに耐えきれなくなった雨雲が一気に吐き出した雨の激しさは、見る間に視界を遮り、暗い庭に打ちつける雨足は僕の鬱屈した思いをなおのこと包み込んだ。

僕等は部屋の隅で向かい合ったまま膝を抱え、黙りこくり、雨の音に埋もれていた。

山野さんが放火犯で今回のことも……などということは僕だって考えたくはなかった。実際、全ての事象が山野さんを指していたとしても僕は否定していたと思う。でも……今の山野さんの言葉、そして初めて目にする沈鬱な顔を前にしていると、〝判ってます〟などとは言ったものの、僕は後がつげなかった。

長年、屈託のない笑顔と豪放な性格に魅せられ、慣れ親しんでいた人の、思いもかけぬ暗い面を知り、戸惑うと同時に、何故僕にそんなことを言うのかという腹立たしさも覚えた。それは明らかに僕を彼の同族として……兄とは違う……己と同様、才能のない……醜男で不器用な……哀れな同族としての愚痴ではないか？　そう思い到った時、そのように感じた自分自身の卑しさ……つまり山野さんがそう思ったのではなく、山野さんの思いがそのまま僕の潜在意識だったことに気付いて僕は愕然とした。大成し、ひょうひょうと過ごす父に表面敬服しながらも、怨みがましく思ったことはないのか？　兄の才気、兄の美貌、兄の画家としての成功に憧れながらも嫉妬したことはないのか？　兄の帰国してからの一連の事故に悲しみながらも、心の奥底では……無意識の裡《うち》にも快哉《かいさい》を叫んでいたのではないか？　それは余りにも醜い心の表出だった。大学を出た時、僕にも〝渡仏したければ〟と言った父の思いはあくまでも公平にというつもりだったのだろう。そして依怙地《いこじ》なまでに断った僕は表面上、家の家計を思っているようにみせ、自分自身でもそう思っていたが、実際には兄の後など追わなくとも……パリなど行かなくとも……という兄への敵対心、捩《ね》じ曲がった精神から出た拒否だったのではないか……そう、僕らは同族……適《かな》わぬ高みに在る者たちへの貧しい嫉妬を覚えるだけの……卑小な存在だ。

沈潜する想いの中で、暗い雨の向こうに動く影を認めたのは十時頃だろうか。窓に顔を寄せ、透かし見ると母だった。父か僕の黒い傘をさしているので腰から下のガウンの白だけがぽうっと闇を動き、最初は異形のものに見えたが、兄のアトリエに向かう母の影ははか弱く、降りしきる雨の中で哀れに映った。寝つかれず、落ち着かずに行ったのだろうが、無残に荒らされたアトリエで独り、想いに沈んでも体を傷めるだけだ。山野さんを見ると、既に空になったボトルを抱えたまま、冬眠中の熊のように寝そべっている。寝ているものと思いそっと部屋を出ようとすると、背後から「手洗いか？　帰りに酒持ってきてくれよ。何でもいいから」と、濁声《だみごえ》が掛かった。

玄関を出ようとすると、電話が鳴り、僕は廊下へ引き返す。思いもかけず、鷹原氏だった。

「夜分遅くに申し訳ございません」ねっとりと絡み付くようなゆっくりとした物言いで、名乗る前にすぐ判ったが、後を聞いて、僕は驚くと同時にほっとした。――所用で東京に出ていたが、戻ると兄が来ていたという。酷く疲れ、また興奮しているようで、話もできないが、とにかく泊めて欲しいというので、一晩お泊めすることにしましたので、と言われ、恐縮すると同時に僕は昼間の件を話した。

「ほう、それは……事故ではなく、明らかに事件となった訳ですね」――驚いたのは〝それは〟までで、後は楽しんでいるような言い方だった。自分でも気付いたのか、今度は真面目な調子で「明日になれば少しは落ち着かれるでしょう。とにかく今夜はこちらに居りますから御心配のないように」と、続き、電話は切れた。

気が転倒し確かめもしなかったので、恭平君も泊まったのかどうかは判らなかった。柱の時計を見て一瞬どうしようかと迷ったが、とにかく〝連絡があれば〟ということでもあったし、春江さんの所へかけてみる。呼び出し音が鳴った途端に出た。伝えると不機嫌に〝ええ〟と言ったきり黙ってしまった。車も借りたままだし、無責任さに呆れたのだろう。

「明日は帰ると思いますから、本当に済みません。車も使うでしょう？」

「まぁ、何事もなくて良かったけれど……実はね、先ほど恭平も戻りましたの。でも何も言ってくれないので……車、お貸ししたままというのも知りませんでしたわ」

〃本当に……済みません〃と、柱に向かって何度も頭を下げつつ電話を切る。春江さんが言葉を押さえながらも、内心随分と怒っているようなのはその言い方で判った。だが、恭平君が帰って来たのなら、電話くらいしてくれても良かったのに、とも思う。激しい雨に押し込められていた空気が重く、体中、じっとりと汗ばんでいる。

アトリエに行ってみると母の姿はなかった。二階から灯が漏れているので登ってみると、机の前に母がいた。声をかけると飛び上がるように振り返ったが、その蒼ざめた顔にこちらの方が驚いてしまった。

「淳ちゃんだったの……」――ほうっと深い吐息を吐きながら後ろ手で引き出しを閉めたが、同時に紙のような物も中へ滑り込ませた。一瞬、部屋の明かりを反射して、その画面が白く光る。絵葉書？　写真？

「太郎さんかと思って……寿命が縮んだわ」

――あの脅迫状だろうか？　僕の目は机の引き出しに向かったまま、しばし言葉も忘れていたが、母がフランス語を知る訳もなし、そのまま逸らした目は壁の絵に釘付けとなった。

蔦《つた》屋敷のデッサンだった。気が付くとベッドや机、書棚や画材で一杯の八畳一間の壁は空いている部分の殆《ほとん》どがデッサンで埋められ、その全てが蔦屋敷だった。

忘れるはずもないあの鉄の門……蔦の這《は》う石壁……百合が僕を導いた裏の茸《きのこ》のような塔……樹の葉越しのスレート屋根……ペン、鉛筆、コンテ、木炭、チョーク……煉瓦色のコンテで描かれた僕の知らない廊下……鋭いペンの線で細密描写された僕の知らない部屋……全てにしんとしたその佇まいが無人のせいだと気付いたのは暫くたってからだった。何十枚にも及ぶデッサンに人影は皆無で、春の、夏の、秋の、冬の……紙の黄変状態からも、何年にも渡る……蔦屋敷がそこにはあった。

兄の想いの象徴としての蔦屋敷……僕自身、百合を想う時、常にこの屋敷を背景にした百合だった。だが、僕は胸の内に想うだけ……兄はこんなにも想いを込めた〝形〟として蔦屋敷の中で暮らしていたのだ。紅葉した蔦や枯れた蔦の絵を見ると、おそらく夏以外にも訪れ、描き続けたのだろう。紙の黄変しているのは渡仏前……新しいのは滞仏中、既に目に焼き付いた形を捕らえたものか……揺るぎない線の一つ一つが熱い想いを語っていた。

「こんな風にして……」

絵に見惚《みと》れ、母の存在も忘れていた僕は母のつぶやきに我に返ったが、その苦悩の表情に思わず抱き締めた。胸元で途切れ途切れにつぶやく母の声。

「太郎さんの居ない間に……こんなスパイみたいなことをして……軽蔑するでしょう?」

僕がデッサンに目を奪われていた間、母は僕に無視され、無言の非難を浴びていると思い込んだのだ。僕は大きく首を振ると、か細い体を抱いた手に力を込めた。

沈黙を避けるために、鷹原氏からの電話を告げる。

「兄さん、鷹原氏の家へ行ったそうですよ。今夜は泊めて戴《いただ》くそうです。春江さんにも伝えておきました」

「まぁ」と、母は僕の胸に埋めていた顔を上げた。その目は曇り、途方に暮れたような表情だった。

「母さん、判らないのよ……太郎さんが何を考えているのか。私の子だというのに、何にも判らないのよ」耐え兼ねたように、また僕の胸に顔を埋めたが、僕にできることといえば、小さい子をあやすように、その頭を撫でるだけだった。

「こんなことになってもおろおろするばかりで……私の知らない間に恐ろしいことばかり……あの子はいつまでたっても他人のような目で私を見る……。何だかもっと……もっと恐ろしいことが起こりそうで、母さん怖いのよ。あの子も、他のことも、何も彼《か》も怖いのよ」

「帰りましょう。これ以上嫌なことなんて起きないよ。兄さんの居場所も判ったし、明日になれば帰って来るでしょう。……誰かが兄さんを恨んでしたことかもしれないけど、あれだけやれば怨みも晴れたでしょう……もうおしまい。何も起きませんよ」

僕は母を抱きかかえたまま、〝もうおしまい、もうおしまい〟と、呪文のように繰り返しながら母屋に帰る。

暗い、土砂降りの庭を横切りながら、引き出しに戻された紙のことが引っかかっていたが、喉まで出かかった言葉は母の疲れた顔で呑み込まれた。母が触れないのは、触れたくないからだろう。母屋に入ると、〝おやすみ〟とだけ言って部屋に戻る。

山野さんはスポッティとグレイの間でぐっすりと寝込んでいた。タオルケットをかけ、僕も着替えて布団に潜り込む。……母は兄の机の引き出しから何を見つけ、何故あれほど脅えたのだろう……一瞬、引き返して、あの引き出しを開けてみようか……とも思ったが、やはり気が引けた。僕自身、人にそんなことをされたら嫌な気分になるだろう。……犬や猫の寝息、そして山野さんの鼾《いびき》に雨の音が混じり、僕は中々寝つかれなかった。……初めて入った兄の部屋……部屋についた小さな流しとガス台、木目模様の手洗いの戸……僕は小学校卒業まで母と暮らした中目黒のアパートを思い出した……そして……あの多くの蔦屋敷のデッサン……兄の想い……何故、兄は突然蔦屋敷へ行ったのだろう。百合のいない蔦屋敷へ……そして何故、鷹原氏はああも平然と、許嫁《いいなずけ》とはいえ、妹を傷つけた男を迎え入れたのだろう……あの人が取り乱したところを見たことがない……火事の時も……病院でも……僕には何も判らなかった。そしてこの人々の流れから僕一人が放り出されているような気がした。


翌朝、雨は上がったが、空はまだ鉛色の雲が垂れ込め、庭の雑草だけが洗われた緑を輝かせ、元気だった。

　昼になっても兄は帰らず、そのまま毎土曜、午後の一般教室となって、主婦や勤め人たちが集まると、父はそのままアトリエに縛りつけられたが、僕は相変わらずパス。山野さんと二人、だらしなく部屋で寝転んでいた。

　僕らの前にはあの『いばら姫』の絵があった。ずっと見続けていた絵だったが、山野さんが見ていると、僕の方はつい目を逸らせてしまう。

「火事さえなければ、俺の個展をやってたんだよな……今頃……女々しいな、俺も。いつまでぼやいたって仕方がないのに」

「僕だって女々しいですよ。捨てきれずに置いてあるんだから」

「いや、これはいいよ。惜しかったな……この連作だけでも残れば……言うだけ傷つけちゃうな。もう、ないんだから」

　短い会話の後はいつも吐息で終わり、沈黙が流れる。今ではこの部屋の主となったけだるさが、眠り姫の城内のごとく犬や猫を眠らせ、僕らの体も侵していた。あの火事から既に三週間、僕は絵筆を持つどころかスケッチ一枚描いていない。こんなことはこの十年、一度もなかった。

「今度のことも俺のせいにされるんだろうなぁ……もう、だめだな」

「だって熱海に居たじゃありませんか、僕と」

「事実なんて……噂ってのは事実なんかどうでもいいんだ。もっともらしければ納得して、却《かえ》って事実なんかには耳を貸さない。面白くなくなるからね。失墜するのは俺一人。世間は痛くも痒くもないんだから……もっとも売れてもいないんだから失墜なんて言うのも傲慢かな。俺、元子に忠誠を誓ってダンモ店の親父《おやじ》になろうかな……それとも、また炭屋に戻って……熱海ってのは料理屋が多いから炭の需要も……」

「元子さんが泣きますよ！」

「もう、だめだよ。昨日だってあの婆さん、一から十まで俺のせいみたいな顔をしてたろうが。あの火事に関しては、あそこだって保険金がっぽりって噂だぜ。……三谷さんは気の毒だったが……夫婦仲だって悪かったらしいし……淳ちゃん、賠償金もまだ交渉してないんだろう？」

「まだ、三週間しか経ってないんですよ」

「しっかりしないと……ここの家は太郎以外は抜けてるから……」

うんざりした時、麦茶と枇杷《びわ》を盆に乗せた母が入って来て、ほっとした。

浅葱色《あさぎいろ》の地に夏草の、涼しげな絽《ろ》の着物姿だった。観劇ぐらいにしか着ないものだ。

〝出かけるの？〟と聞くと〝熱海へ〟と答えた。昨夜あれから一睡もしなかったのだろうか。蒼ざめた顔は着物の色を映しているだけとは思えなかった。

「太郎さんも戻らないし、百合さんの所へもお見舞いに伺おうと思ってね。元子さんにもろくにお礼も言わずにこの間は帰って来てしまったし。それで……突然お家《うち》に伺うのも何だし、山野さん、鷹原さんの所のお電話番号御存じですか？」

「あ、判りますよ。それじゃ、僕も失礼しようかな。熱海までお供ついでに……週末は結構、店も忙しいんですよ。もっともこのところは俺……僕がいない方が楽だなんて言われてますがね」

「いえ、久し振りにいらしたのだし、ゆっくりなさっていって下さい。家《うち》のがたまにはクロッキーに参加しないかと申してましたよ」

「そうか……土曜の夜ですものね。今日のモデルさんは美女ですか？　若いですか？」

「まだお見えになっていませんけど……先週と同じ方だと思うから……若くて可愛い方でしたよ」

「ほう、いいなぁ。目の保養をさせて貰おうかな。どうする？　淳ちゃん？」

描く気は起きなかったが、山野さんとの会話でようやく顔を綻《ほころ》ばせた母の顔がまた曇るのを恐れ、僕は曖昧にうなずいた。

「じゃ、元子にはもう一晩御世話になるって伝えておいて下さい」

番号をメモした紙を母に渡すと、さっきまでのとろんとした目が幾らかましになっている。少し前までモダンジャズ店の親父か炭屋の親父などと言っていたくせに、やはり何よりも描くことが好きなのだ。

「下は？　おとうさん一人で大丈夫？」

「ええ、幸子さんも……」と言って、母は口を噤《つぐ》んだが、気を取り直したように続けた。

「この間からね、幸子さんに手伝って戴いてるのよ。でも、あの……幸子さんも良い勉強になるって喜んでるし……だから大丈夫よ。じゃ、行ってきますね。お夕食も幸子さんにお願いしておいたから」

母が出て行くと、空元気を装った山野さんも元に戻り、重い沈黙も戻ってきた。目もまた虚ろになってしまう。僕らはまた懶惰《らんだ》な無為の時に身を任せる。

幸子さんというのは中学生の時から家に来始め、美大志願と聞いた父が〝家は受験目的の絵画教室ではないから〟と言っても余所《よそ》へ行かずに、一昨年見事に、私大とはいえ難関のM美大に合格した娘《こ》だ。家が近いせいもあって、今でも夜間のクロッキーにはよく顔を出す。だが手伝いともなれば、手当ても出していることだろう。僕がぼんやりしているために、ここでも要らない出費をかけていたことになる。……何も彼《か》も憂鬱で何も彼《か》も嫌だった。それが個人の我が儘と判っていても……。

山野さんが枇杷に手を出し、猫たちが寄って来ると、僕は下へ降りて行った。

アトリエから父の声が聞こえて来る。〝対象をよく見て……家《うち》の石膏《せっこう》が汚れていても、ここまで黒くはないはずだよ〟――和やかな笑い声を背に、僕は応接間に入る。見もしないので空覚えだったが、確か書架の下の戸棚にアルバムが入っていたはずだ。

全部で六冊……父のも母のも、結婚前のアルバムは別にしてあるのか、ここにはなかった。そして驚いたことに、兄の子供の頃のアルバムは一冊しかなかった。あの女《ひと》が病床に就いてからは写真どころではなかったのかもしれないが、それでも母と僕がこの家に来るまでの間、兄が生まれ、高校三年になるまでの家族の写真がアルバム一冊というのは意外だった。

唐草の型押しされた分厚い表紙を捲《めく》ると、父とあの女《ひと》の結婚式の写真。そして三頁《ページ》ほど捲ると赤ん坊の写真、そして幼稚園、小学校……僕の知っている父は最初から禿げていたが、若い頃を見ると端正な顔立ちと細身の体は結構ダンディーで見直してしまった。そしてあの女《ひと》の美しさ……かつて、山の家で見たあの女《ひと》の病み疲れた顔からは想像も出来ない……兄の美貌がうなずけるその冷たい高貴な顔を見て、僕は父が何故、母を愛人にしたのか思わず考えてしまった。――全く平凡な顔立ちの、お世辞にも美人とは言えない母……（そして僕は母にそっくりだ）……溜め息を吐《つ》きながらその女《ひと》と兄と父の、額にでも入れたいくらいの美しい家族の写真に見入る。――兄は幼児の頃から既に貴公子のように毅然と取り澄ました顔が多かった。笑っている顔は滅多にない。殆どがカメラと対決するような……真面目な優等生の顔をしていた。――そうして僕らが来てからのアルバムが二冊。――父は老い……母と僕は娘と孫のように見える。時たま加わっている兄の輝くような存在はまるでスターを囲んだ凡庸な……家族の写真だった。続いて僕と母が二人で暮らしていた時のアルバム……それは三冊あった。――平凡だが初々しい……若い頃の母、そして産衣の中に埋もれた……猿のような僕。あの懐かしい中目黒のアパートがあり、あの部屋があったが、頁《ページ》を捲る度に僕はがっかりした。――餡《あん》パンに目鼻をつけたような子供はいつも締まりなく笑っている。――〝淳ちゃん、笑って、笑って……はい、チーズ〟――カメラを持った母の、いつも言っていた言葉を思い出しながらも、このだらしのない笑顔は僕をぞっとさせた。――既に……生まれた時から……僕と兄とでは出来が違うのだ……ふやけた子豚のような子供の笑顔を満載したアルバムの、それは僕の三、四歳の頃だったが――一冊目の終わりにきて僕は手を止めた。――三角形の止めを残して、写真が一枚、なくなっていたからだ。

前後を見ると、何処《どこ》かの庭園らしく、整備された植込みや木立が見える。父と母と僕と……三人の笑顔が見られ、眩しい陽射しに濃い影を落とした紫陽花《あじさい》や葵《あおい》、百日紅《さるすべり》の花があるところを見ると、初夏の一日、僕らは何処かへ行ったのだろう。僕には全く記憶になかったが、その溢れる陽光の中でも醜い子供の僕は……父と、或《あ》るいは母と、そして一人で、あのふやけきった笑顔を見せている。――そのまま残る二冊に目を通したが、抜けているのはあの一枚だけだった。だが――兄の机の引き出しから母が取り出した写真らしき物が、この一枚とも僕には思えなかった。僕が三、四歳の頃といえば兄もまだ八歳か九歳……小学校の三年か四年だ。第一、こんな時の写真を――兄には関わりのない、父と母と幼い僕の、こんな写真を兄が剝がし、引き出しに仕舞うなどとは考えられない。

気落ちしながらアルバムを戻していると、山野さんが顔を出した。

「何してるんだ？　こんな所で……」

「いや、別に……」――慌てて立ち上がった僕は、山野さんの酒臭い息に顔を背けた。僕のいない間にまた飲み始めたようだ。開いたドアからアトリエの騒音が聞こえてきた。

イーゼルを片付けたり、椅子を重ねたり、そして絶え間ないお喋り……時計を見るともう夕方だった。窓越しに庭を横切る主婦たちの姿が映る。三々五々、スケッチブックを抱え、用具袋を持ち、お喋りに花を咲かせ……これから喫茶店に移動してお喋りの続き……世界はいつも平和だ。

「山野さん……熱海で聞いたラモンって人だけど……住所、判りますか？」

「いや、付き合ってなかったから……鈴木なら知っているかもしれないけど……俺、鈴木とも喧嘩したままでね。……一昨年ひょっこり戻って来た時さ、熱海の店にも顔を出したんだよ。それで……パリ、パリ、パリの連発でさ、だんだんむかついてきて……あれきりなんだ。……淳ちゃん！　今度のこと……」

「いえ、判らないけど……もし……その人が日本に来ていて……兄と揉めていたら、と思ったものだから」

「ふむ、あり得るな。あの文面だと」

「やぁ、そこにいたのか」――父が口をもぐもぐさせながらアトリエから出てきた。左手に食パンを持っている。木炭デッサンを消したり押さえたりするためのものだ。「腹が減ったな。それに疲れた。どうだね。食前に一杯？」

「いいですねぇ。食前、食後、いつでもいいですねぇ」山野さんは陽気に答えたが、台所の幸子さんの声で、首を竦めた。

「ビールも何も……お酒、ございませんよ」

目を丸くしている父に、〝僕、一走りして買ってきます〟と言って家を出た。今日はまだ一歩も外へ出ていない。相変わらずのどんよりとした空だったが、風があり、むうと空気の籠もった家の中より気持ちが良い。

橋を渡り、麻布の商店街に出、酒を買うと、三軒ほど先の本屋に入った。昨夜、兄の部屋の書架に鷹原氏の本が並んであったのを思い出したからだ。画集や美術書の中に、一際《ひときわ》華麗な装丁と文字で僕の目を引いた。僕はまだ彼の本を一冊も読んだことがない。あの落ち着き払った百合の兄が、どんなことを想い、考えているのか、その著述からでも知りたかった。

小さな本屋には、単行本は余りなかったが、それでも『ソドムの恋』と『錬金術』の二冊を手に入れる。胸に抱えた包みは何故か右手の酒瓶よりも重く感じられた。

夕食後、〝デザートよりもこっちの方が〟と、また酒に手を伸ばした山野さんを食堂に残し、僕は部屋で『ソドムの恋』を開いた。

イギリスの湖水地方の貴族に嫁いだ娘の性教育という形で、最初はポーリーヌ・レアージュの『O嬢の物語』のように、凌辱《りようじよく》、鞭打《むちう》ちなどの折檻《せつかん》が続き、話が進むにつれ、同性愛から近親相姦、そして死姦、獣姦とエスカレートしていくが、その合間にはサドの『悪徳の栄え』のように道徳論や社会論が何頁《ページ》にもわたって展開されている。描かれている世界のわりには文章はむしろ禁欲的で厭世感に満ちていた。中ほどまで読み進んだ時、山野さんが入って来た。

「お、なんだ。そんなの読んでるの？　ポルノだったらもっと面白いの貸してやるのに」

「いえ、いいですよ。……山野さんは鷹原氏の本って、皆読んでるの？」

「いやぁ、それくらいだね。それも僅《わず》かで放り投げたよ。太郎が貪《むさぼ》るように読んでるから、どんなに面白いかと思ったんだが……そういう意味では太郎は鷹原の最も良き友人って訳だな。悪いけど退屈でさぁ……ポルノチックな所だけ抜粋すればいいかもしれんが、あいだの御託《ごたく》がね。そんなもん、なんで猥褻罪になったのか、訳が判らないよ。それよりクロッキー帳、貸してくれないか？　俺は文字より生身の美女の方がいいからね。淳ちゃん、描かないの？　もうすぐ始まるよ」

「気が向いたら行きます」

山野さんはクロッキー帳とコンテを持ち、すぐ下へ降りて行ったが、僕は寝転んだまま、読み続けた。

広い額の下の冷徹な瞳、女のように赤い唇、小蛇がうねったように肩にまでかかる長い髪……娘を翻弄する貴族の容貌は、僕にデューラーの自画像を想い起こさせたが、その自画像は同時に、〝青髯《あおひげ》〟をも思い出させた。そして……それは……また……〝娶《めと》った妻を次々に殺していく男……あれなの〟という元子さんの言葉を蘇らせ、髪こそデューラーほど長くはないが、鷹原氏までその貴族に重なってくる。そういえば、蔦屋敷も……ここに出てくる屋敷のように世間から外れ、閉ざされた環境ではないか……あの中で何が起きようと……どんな冒瀆が、どんな凌辱がなされようと……判りはしない……途中で僕も本を投げ出した。何を考えているのだ、いったい！

あそこは百合の家だ。あの清らかな寝姿に、僕は何という妄想を描こうとしていたのだ！

窓を開け、夏草と高速道路を走る車の排気ガスの入り混じった夜気を吸い、身を乗り出すと朧《おぼろ》に月が見えた。事故から四日……百合はどうしているだろう？　眠りから目覚め……自分の体に気付き……やがては兄の妻となるのだろうか？

〝次、寝ポーズ。お願いします。五分！〟――真下のアトリエから父の声が聞こえて来た。クロッキーも終わりらしい。最初は一分、二分刻みにモデルが自由にポーズを作るが、締め括りは父の指定で五分、十分の固定ポーズに近い状態にするからだ。

寝ポーズ……白布に横たわる裸婦の体を頭の中で描きながら、その顔はいつしか百合になっていた。（描きたい！）火のような衝動に突き動かされて、思わず窓枠を握り締める。百合を描きたかった。百合だけを描きたいと思った。失った絵も惜しくはない！　百合を描けるならば……描くことによって僕は彼女を自分のものに出来る。僕のキャンバスに、僕の手で……捉えることが出来る！　今までの無気力な自分が泡のように消え、僕は全身で描くことへの欲望に捉えられた。

ざわめきで我に返ると、クロッキー教室を終えた生徒たちが庭に出たところだった。

僕の頭はまだ百合の少女の顔と、病院で見た乙女の顔が交錯したままだったが、月明かりに戸口に向かう生徒の波を逆行して進む兄の姿を見た。そのまま自分の家に入って行く兄を追うように、何時《いつ》帰っていたのか……母が庭を横切って行く。僕もすぐ窓から離れた。

暗いままのアトリエで躊躇《ためら》っていると、二階から兄の声が聞こえ、その激しい口調に僕は完全に足を止めてしまった。

「……一度だって私には……足の不自由な父が、貴女《あなた》たちの醜い笑顔を得るためには何でもする……そう、それは私ですよ。今頃気付いたのですか。どんな気持ちで私が覗いていたことか……貴女には想像もつかないでしょうね」

「淳ちゃん！」——背後から聞こえた大きな声と足音……山野さんが息を切らしながら後ろにいた。「太郎、帰ってきたのか？」

答える間もなく、階段から母が駆け下り、僕たちの脇を擦り抜けて行った。泣いているような一瞬の横顔に、後を追おうとした僕は、塞《ふさ》ぐように踏み出した山野さんの声と巨体にまた振り返った。兄が階段にいた。

「心配したぞ。皆……」

「自殺でもすれば良かったのか……願い通りに」冷やかに答えた兄の顔は夜目にも超然とした、何時《いつ》もの……取り澄ました顔だった。

「馬鹿なこと、言うなよ。本当にみんな心配してたんだ。……お前……ラモンとパリでどんな付き合いしてたんだ?」――沈黙のままに兄の動きが止まり、山野さんは畳みかけるように続けた。「元子が……お前の部屋の屑籠《くずかご》からラモンの葉書を持って来たんだ。五百万の、脅迫状だよ。悪いとは思ったが、こんなことがあっては黙っていられない」

「こんなこと……と、いうと……今回のことをラモンに被せるつもりか?」

「だって……太郎……他に……まさか、俺が」

「いや、君が、などとは決めてはいない」ゆっくりと兄は降りて来た。「だが、お生憎《あいにく》だが、ラモンでないことも確かだ。今日、彼に電話をして……話したからね。パリの、あの廊下のような屋根裏部屋に彼はちゃんと御健在だった。それに君の愛する女性が、僕の私物を無断で持ち帰り、君たちが何を邪推したのか知れないが、借りた金は来月の個展できちんと返す。……パリの一夜の賭のことまで詮索されたのでは堪らないね」

「賭って……」――僕の言葉に兄は冷笑を浮かべた。

「何に賭けようが、僕個人がきちんと精算すれば、お前には関わりのないことだろう?パリの夜は木の葉一枚だって賭事の対象になるんだ。残念ながらラモンは潔白だよ」

「それはどういう意味なんだ?　太郎!」

――気色ばんで叫んだ山野さんに、兄は氷のような視線を浴びせた。

「君がやった、とも言えないし、君ではない、とも言えない。判らないからだ。……だが、誰にしろ……許しはしない」

憤《いきどお》り、今にも摑みかかりそうな山野さんを僕は必死で押さえ……そうして兄は、そういう僕らの前で平然と、窓際に置かれた……あのキャンバスを庭の焼却炉の前に運び始めた。

やがて僕らの見守る中、涼しげな顔とは反対の、顔を背けたくなるような荒々しさで、兄はキャンバスの木枠を圧《へ》し折り、布を裂き、焼却炉に投げ込んだ。

僕も山野さんも、母屋の入口に佇んだ父も、言葉を失い、最後まで燃え尽くすのをただ……茫然と……見ていた。

その夜、もう十時を過ぎていたが、山野さんは熱海に帰って行った。

「気にしてないよ。昨日の今日で、あいつもまだ……頭が変なんだ」

顔を歪めながらも、笑って家を出る山野さんに、僕はただうなずき返すのがやっとだった。作品を燃やし終わった兄は、殊更に大きな音を立てて戸を締め、自分の家に閉じ籠もってしまったし、母も部屋から出て来ない。疲れきったような父と二人で山野さんを送ると、父も〝お休み〟とだけつぶやいて、寝室に行ってしまった。

家中が崩壊していくような切なさに襲われたが、誰と話すのも躊躇われ……誰も僕を求めてはおらず……疲れ……夜も更けていた。僕は戸締りをし、電気を消し……昨夜の山野さんのように……スポッティとグレイの間で寝た。

四

明けて日曜日、居るのか居ないのか、兄の家は静まりかえり、父は黙々とアトリエで独り、絵を描いていた。

雨こそ降らね、じっとりとした湿気が肌に纏《まと》わり付く、不快な朝だった。午前中だというのに、太陽は淡い光りを雲に埋め、黄昏《たそがれ》にも似た薄暗さは脳まで侵して蒸された頭を重く、単なる物質に変えてしまう。

寝坊して、一人、台所のテーブルで遅い朝食を取る僕のため、給仕してくれる母の顔も冴えなかった。

努めて何気ない様を装うその顔の、疲れた、目の下の隈《くま》に気付くと、僕も黙々と食物を胃に送り込んだが、食後の珈琲《コーヒー》を飲みながら、食器を洗っている母の背に僕は堪り兼ねて声をかけた。

「昨日、兄さんと何を話していたの？」

——母は答えなかった。全くの沈黙のまま、洗い続ける母の背に、同じ問いを発するのは何か酷な気もしたが、僕はもう一度尋ねた。昨夜の兄の激しい口調、母の逃げるように戻ったときの、泣いていたような顔が気になったからだ。

稍《やや》あって洗い終えた手を前掛けで拭きながら振り返った母は、「淳《じゅん》ちゃん、何か聞いていたの？」と、逆に聞いたが、首を振った僕に初めて笑顔を見せ、「何でもないのよ」と、答えた。

「何でもないの。母さんがいけなかったのよ。あまり変なことばかり起きるから、心配になって……太郎さんの私物を掻き回してしまったの。……親でも……いけないことよね」

「そう……」——それ以上聞いても、何も聞けないということは、母の様子で明らかだった。僕は話を変えた。「熱海《あたみ》……どうでした？」——本当は熱海などではなく、百合《ゆり》……だったが。

「鷹原《たかはら》さんのお宅へ伺って……太郎さんは一足違いで帰った後だったの。母さん、初めてあのお屋敷に伺ったけど、とても立派で……気後れしてしまってね……でも鷹原さんて優しい方ね。内心、どんなにお怒りかと思うのに、哀しげだけどとても優しく応対して下さってね、百合さんの所へも御一緒させて戴《いただ》いて……お二人ともあまりに穏やかで、却《かえ》って申し訳なくて、何を申し上げようと、償いきれないことでしょう？　それが、気が付くと、母さんの方が逆に慰めて戴いてるの。もう身の置き所がなくなって、病室を出たのよ。百合さんが御自分の体のことを知ったのは二日前だと言うでしょう。どうしてあんなにも平静で……御自分のことより……私の方を気遣うまでのゆとりを持てるのか……本当に申し訳なくて……申し訳なくて……」

話しながらテーブルに着いた母は、とうとう手で顔を覆ってしまった。何をどう言えば良いのか……僕には判らなかった。そのまま間の抜けた声で〝元子さんにも会ったの?〟と、聞いたが、うなずくだけで、もう声は返ってこなかった。席を立ち、母の側へ行って、肩を抱いたが、やはり言葉は見つからず、そのまま自室へ引き上げる。

百合……僕の中で、既に構図は出来ていた。キャンバスはM80かM100。バーン・ジョーンズの『いばら姫』のように深い深い眠りに身を委《ゆだ》ねた……静謐《せいひつ》の世界……侍女はいらない。眠る百合と茨《いばら》だけの……夢の世界……

二時間後、僕は熱海の……あの巨大な蛇のように道が曲がりくねって石段の袂《たもと》へたどりつく……その場に立っていた。あれほど彼方へ押しやっていたこの地への封印がいつ解かれたのか……石段の先にはかつてあの女《ひと》の居た家が見え、覆い被《かぶ》さる緑も、その先に没する階段も、当時のままだった。あの焼けるような陽射しのかわりに曖昧な影と湿った大気が舞台装置を幾らか変えてはいたが、緑は既に真夏のごとく地を覆い、増えた家とてなく、僕は十二年前の陰画の世界に下り立ったように、おずおずと石段を登り始めていた。

三十段を過ぎた所であの家の前に着き、人気のない家の前を通り過ぎ、小刻みになった石段に足をかける。母に連れられて登ったあの日、僕はここで初めて兄と山野さんに会ったんだった。そしてこの石段に足をかけたのは……緑に隠れる山野さんの後を追い、蛇に脅えながら、芋の蔓《つる》を振り回し……シャツの下を流れる汗の感触もそのままに、木もれ日の中に芋蔓を見つけると、僕は初めて声を上げて笑った。全く同じ木の幹に、熊《くま》笹《ざさ》の茂みの中に没する芋蔓を、僕は再び取ろうとは思わなかったが、瞬く内に体は縮こまり、小学生の僕があの日にいるような……耐え難い想いに胸を突かれたからだ。一、二、三、四……いつしか声を上げながら登り詰めたその果てに、あの蔦《つた》屋敷を見た時……そして鉄門の向こうに百合を見た時……〝だれ？〟と百合が聞いた時……僕は〝百合さん？〟とつぶやき……〝百合……は叔母様の名前よ。私は由里香〟の声で初めて我に返った。

扉の向こうには少女がいた。

僕はうろたえ、かつての日の僕のように顔に血が昇るのを感じながら、ただ立っていた。

新奇な動物でも見るようなあの眼差し……白いワンピース……両手で門の鉄柵を握った姿まで……より幼いとはいえ……あの日の百合だった。

憑《つ》かれたように来てしまったこの地で、僕が求めていたものはこの蔦屋敷……兄の部屋一面に貼られたこの蔦屋敷をもう一度、現実のものとして見たい、という……それだけだった。それが、〝あの日〟のように少女と出会ってしまい、その背後から「誰かいるの？」という鷹原氏の声を聞き、鷹原氏の姿まで見てしまうと、一遍に高揚した感情は消え、狼狽《ろうばい》だけが残った。

ここへ来る以上、鷹原氏に会うかもしれないということは充分に考えられることではないか……それが実際に鷹原氏に会うまではそういうことはちらりとも思わず、ただ吸い寄せられるようにふらふらと来てしまった自分自身に戸惑い、どう説明すればよいのか途方に暮れるだけだった。

「これはこれは……」僕を認めた鷹原氏は少女の肩に手を置きながら面白げにつぶやいた。

「一昨日は太郎さん、昨日は山崎夫人、そして今日は貴方《あなた》が見えられた……明日は山崎画伯ですか？」

「僕は……」と、声に出したまま、未《いま》だに言葉に詰まる僕の前で、鷹原氏は大きく門を開けた。

「まぁ、お茶でも……」


五分後、初めてあの玄関の扉から客として招じ入れられた僕は、二階のヴェランダに通じる客間で支離滅裂な言い訳を必死でしていた。実際、僕自身にすら判らない衝動を、どう他人に伝えれば良いのだろう？

「ねぇ、淳さん」と、小さな由里香は鷹原氏の呼ぶ通りに僕を呼んだ。「由里香のお部屋、見せてあげる」——腕を引っ張り、すぐにも連れて行こうとする、その顔も、その仕種《しぐさ》も、あの時の百合の雛形だった。四、五歳だろうか？　ふっくらとした小さな手は甘いミルクの香りがした。

「普段、あまり話し相手がないので、この娘《こ》はお客様、大歓迎なのですよ。由里香、お茶を差し上げてからね。豊さんに〝まだですか？〟って言ってらっしゃい。まぁとにかく、お坐り下さい。気が向かれて、ふらりといらした……それで良いではありませんか」

「はぁ……」——促されて、冷汗をかいたまま、僕は華奢な綴《つづ》れ錦《にしき》の布を張った肘掛椅子に腰を下ろそうとしたが、クッションの柄に気を取られ（それはウィリアム・モリス風の百合の連続模様だった！）右手がテーブルにぶつかり、初めて本を持ったままだったことに気付いた。

「おや……私たちの本ですね」

「私たち……とおっしゃると？」これも無意識に持って来た『錬金術』を、テーブルの端に置きながら、僕は腰掛けた。

「御存じではなかったのですか？」

「すみません……鷹原さんの御著書は……昨日、初めて『ソドムの恋』を読んだばかりで……こちらもまだ……読み始めたばかりです」

——新たな汗に塗《まみ》れながら、僕はしどろもどろに答えた。

「いや、続けて読んで戴けるのは有難いことですよ」——飴色のパイプに煙草を詰めながら、無造作に彼は言った。「私たちと申し上げたのは、私と妹の共著という意味です」

「妹って……百合さん⁉」

「そう。もっとも外交的な面は殆《ほと》ど私一人で処理していますがね。彼女は表に出たがらないので。でも、私たちも後書きなどで触れているし、大概の読者は知っていますよ」

「でも……お名前は……龍由《たつよし》と……」

「私の本名は翔《しょう》ですよ。……それに百合を繫げてごらんなさい」

「しょう……ゆり？」

「そう……さかさまにすればりゅうよし。そして龍由となった訳です。単なる遊びですがね」——一服の紫煙がゆっくりと壁の天使の前で消えるのを見ながら、僕はうなずいたが、まだ、ぴんとはこなかった。あの絢爛《けんらん》たるエロティシズムと煙に捲《ま》くような理論が交錯する『ソドムの恋』は、全く百合と重ならなかったからだ。

　盆を手にした白髪の女と、砂糖壺を抱えた由里香が入って来ると、鷹原氏は燻《くゆ》らしていたパイプをテーブルに置き、自ら茶を淹《い》れてくれた。午後も遅くになって漸《ようや》く薄日も射し、爽やかな山の風が入って来る。スプーンに乗せられたレモンの断面が日に輝き、紅茶の芳醇《ほうじゅん》な香りが鼻をくすぐる。山鳩の静かな声が聞こえ、レースのカーテンが柔らかな波のように風に揺れていた。鷹原氏は再びパイプを手にし、由里香もおとなしく茶を飲んでいる。夢のように平和な一時だった。あの火事以来、熱病のように頭を代わる代わる駆け回っていたけだるさや不安、悲しみや焦燥感、そしてそのあげく衝動のままにここまで来てしまった自分の中の魔の物が、味わう紅茶の一口毎《ごと》に陽射しの中に溶けていくのを感じた。この部屋を支配する快い落ち着きが、僕をも包み込んでいた。そして、傲慢不遜にすら見える落ち着き払った態度と、知の炎が燃え盛るような熱っぽく鋭い眼差しに、最初、堕天使のようだと思った鷹原氏の印象も徐々に崩れ始めていた。マイセン磁器の澄んだ白が、淡い午後の光りに映え、ポットを傾ける彼の、世紀末の詩人のように腺病質《せんびょうしつ》の顔は、瞳を伏せていると、むしろ物悲しげに見え、草食獣の優しさを漂わせている。彼も由里香もこの家も、実に静かだった。

「太郎さんの破損された絵は……その後、何か判りましたか?」

「いえ、何も……」——僕の脳裏にあの荒らされたアトリエが蘇ったが、この静かな部屋でゆったりと問われると、不思議に心の平静なまま僕も答えられた。

「硝酸をかけられたとか伺いましたが、それは犯人が持ってきた物ですか?」

「いえ、兄はパリにいる時、エッチングも少しやったようで、帰って来てからも追々始めるつもりで銅板とか硝酸などを揃えていたそうです。もっともこれは、兄からではなく、捜査に来られた刑事から聞いたことですが」

「すると侵入者は格好の物を見つけた訳ですね。……いや、失礼。太郎さんにとっては災難だったが」真正面から見据える瞳と、シニックな物言いが彼の容貌を肉食獣に変える……

「春江さんは……あの……三谷さんの奥さんですが……あの火事も失火ではなかったのではないかと言っています。僕もたった三週間の間に火事、自動車事故、絵の破損、と続くのは……」

「では、同じ者がこの全ての厄害を引き起こしたとでも?」

「ええ、いえ……まだ何も判りませんが……ただ……こんなにも事件が続くのは……誰かが……兄に怨《うら》みを持った誰かの仕業ではないかと……」

「誰か……あの火事の時に居合わせた誰か、自動車事故に関与した誰か、そして太郎さんの絵を破損しようと思うべく誰か……ですか?」

「ええ……まぁ」

「そして動機のありそうな者を考え、付け回し、詮索する……探偵になった気分でね。卑しいですね。いや……私の言うのは探偵という職業のことで……仮に貴方のおっしゃる同一人物による犯罪とすれば、それはあらかじめ練られた構想による計画的犯罪、ということになる。……しかし、そんなものは推理小説の中ならともかくも、現実の犯罪では一パーセントにも満たないものでしょう? 多くの犯罪をなすものは一瞬の衝動です。ほんの何秒か前にはよもや自分がこのようなことをするとは思ってもいなかった……気が付いた時には盗んでいた、傷つけていた、殺していた……そういう事例の方が多いのではありませんか? 大多数の人々は極悪非道の犯人と自分とは全く別個の者たちだと思いがちだが、犯罪者である彼、或《あ》るいは彼女たちと私達の間に隔たりなどないと私は思いますね。私も、貴方も、他の人達も……誰でもが……日々、小さな罪を犯している訳だし、次の瞬間には社会的制裁を受けるほどの罪を犯さないとも限らない」

「では、鷹原さんは……三つ共、違う人間の、その……一瞬の衝動による事件だと、思われているのですか?」

「そう現実に即して問い返されると、困りますが、どうも私は抽象的にしか物事を考えられないもので……」

「淳さんのお茶碗、空っぽよ! もう、由里香のお部屋に来ても良いでしょう?」

おとなしく、僕の茶碗が空になることだけを待っていたような、喜びに溢れた声を無視することは出来なかった。幼かった頃の百合を髣髴《ほうふつ》とさせるその顔を見ただけで、僕の顔は自然に緩み、腕を取られるままに立ち上がってしまった。

「由里香!」──娘を睨《にら》んだ鷹原氏の顔つきは、最前までの穏やかさとは打って変わった厳しいものとなり、反対に少女の、見る間に歪み始めたその可愛らしい顔に、僕は思わず口を挟んだ。

「お茶を……もうお茶を戴いたから……お部屋を……」──うろたえると言葉が上手く出ない自分を呪いながら、僕は続けた。「鷹原さんに御異存がなければ……ですが……」

「すみません。一人娘なもので、どうしても我が儘になるようで……普段は……他の来客の時には、こんなことはないのですが……どうやら貴方に一目惚れしたようですね」

苦笑とはいえ、笑顔に返った鷹原氏に僕もほっとしながら〝では、少し……〟と、妖精に引かれるままにテーブルを離れた。

「一時間ほど、私も出かけますが……妹の所へ行くので……子供を押しつけるようで申し訳ないが、じき戻りますから。ゆっくりなさって……」

鷹原氏の言葉に、僕は押さえていた言葉を吐き出した。「百合さんは……如何《いかが》ですか？」

「来週には戻れそうです。病院側は渋い顔をしていますが……入院していても直る見込みがないのは明らかですし……リハビリテーションにしても、車椅子の使用さえ出来るようになれば良いことですしね。人にもよりましょうが、彼女の……体の回復はともかくとして……心の平安は病院では得られないと……これは本人の強い希望でね……医者も承諾してくれました。個室であろうと、外界は……妹の気に召さぬようで……」

笑顔のまま、妹をそのような体にした者の弟である僕に、ほんの僅《わず》かの怨みがましさもなく淡々と、まるで風邪か盲腸のような個人的な疾病ででもあるかのように語る鷹原氏に、僕は同道を申し出る勇気もなく、痴呆のようにうなずいただけで、幼い手に引かれるままに部屋を出てしまった。

階段を下り、あの絨毯《じゆうたん》……唐草模様に小動物の潜んだ赤い絨毯を目にした途端、僕は眩暈《めまい》に襲われた。あの時の壁、あの時の明かり、入って来たドア……窓から見える裏庭には百合の倒れた茨の茂みがあり、その向こうにはあの山林もあった。曲がり角にジャンヌ・ダルクの像こそなかったが、（ジャンヌ・ダルク……ジャンヌ……兄の絵はこの廊下に結びつく……）角を曲がると両側に黒い扉……そしてその先にホール……憑かれたように足を運んでいた僕は「ここよ」という声と共に腕を引かれて立ち止まった。

あの老婆の居た部屋の二つ手前のドアだった。


『長靴を履いた猫』『不思議の国のアリス』『ラプンツェル』『白雪姫』そして『眠れる森の美女』……モス・グリーンの壁紙に寄せ木の床、質素といえる木のベッドと衣装戸棚、それに机と本箱という部屋は、今様の小さな女の子の部屋とはかけ離れ、冷やかな感じさえ受けたが、床に散在したそれらの童話本の軽やかな色彩は温かく、改めて見直せば、机の上にも薔薇《ばら》色の月をかたどった電気スタンド、一角獣のぬいぐるみ、人形などが並んでいた。

僕の視線を捉えた由里香が聞く。「どの子が好き？」

それが机の上の人形たちと気付き、僕はとっさに黄ばんだ白の、絹の衣装を着けたアンティック・ドールを手にしたが、心は上《うわ》の空だった。——あの日の断片が僕の頭を駆け巡り、百合の声が木霊《こだま》していたからだ。〝キスして〟〝これを食べたら帰してあげる〟〝やあね、ジャンヌ・ダルクじゃない〟……

「マデラインよ」

「え？」——澄んだソプラノに、僕の前には再び由里香がいた。

「マデライン、この娘《こ》の名前よ。マデラインは私も大好き。だって一番最初からいた娘《こ》なんですもの」

「そう……とっても可愛いね」と、言ってはみたものの、由里香が僕の手から取り、頰擦りしている人形の、褪《あ》せた肌や衣装は不潔な感じで、その顔は不気味だった。アンティック・ドールとしては、かなり良い物であるようだが、可愛いとは言えない。

「マデラインって由里香ちゃんがつけたの？」

「ううん、最初からマデラインっていうのよ。お父様が教えてくれたの。マデラインとロデリック……。ロデリックがいなくなって……マデラインは独りぼっちになっちゃったの」

「ロデリックって？」

「この娘《こ》のお兄さん。ずっと仲良しだったのに……一昨日、豊さんと叔母様の所に行っている間に何処《どこ》かへ行ってしまったの。お父様は……竜を退治に余所《よそ》の世界に行ったっておっしゃってたけど、でも、マデラインを置いて行くなんて酷いわ。ずっと一緒だったのに」

「捜しに行こうか？」

「ほんと！　見つかるかしら？」

　虚ろな硝子《ガラス》の目玉と、輝く瞳に捉えられて、僕はたじろいだが、三人で部屋を出た。

「どこへ行くの？」と、問われた僕は今度は躊躇《ためら》いもなく、ホールに向かい、外に出た。中から三階へ行けるだろうことは判っていたが、外壁に添い、あのドアに向かう。

悪魔の耳……茸型《きのこがた》のずんぐりとした灰色の塔……あの日、百合が導いたドア……ささくれだった板に鉄鋲《てつびょう》の打たれた小さなドア……そうしてあの螺旋《らせん》階段……人気のない部屋……時が凍結したようにあのままだった。

それ自体、埃の積もった……家具にかけられた白布を引き剝がす度、僕はマデラインの行方知れずの兄を捜すよう、身振りたっぷりに振る舞い、由里香も固唾《かたず》を呑んで、つぶらな瞳を見開いたが、実際には僕はただあの日の僕に酔い痴れていただけだ。片っ端から白布を剝がし、戸棚の戸を開け、ベッドの下を覗き……あの日と同じ行程を歩みながら……この部屋部屋を百合を追って走り過ぎた自分の、百合の、幻を見ていた。

だが……やがて……あの中庭に出、手すり越しにあの芝生を見た時……鳴いていた孔雀の姿は見えず、ただ荒れた、長方形の寒々とした庭を見た時、僕は初めて手すりの位置の違いに気付いた。あの時、勢い余って胸に触れ、そのまま縋《すが》ってしゃがみ込んだひんやりとした鉄の手すりは今、僕の腰骨にも満たず、突然引き伸ばされた身長に、僕はどうにもならない……そう……どうにもならない虚《むな》しさと、自分の愚かしさを感じた。

「どうしたの？　淳さん」

気遣わしげに僕を見つめる少女の顔は、あの日の百合にはない表情で、その真摯《しんし》な瞳を見返すと、僕の自己陶酔に溺れた醜い顔が映り、こんな幼気《いたいけ》な子供を出汁《だし》にして自分の感傷に浸っていた嫌らしさに顔が赤くなった。

「ああ……ごめん。……お部屋に戻ろうか？」

「だめよ！　だって……ロデリックが見つからないもの」

　手すりの周りに並ぶ幾つものドア……あの時、向かいのドアに消えた百合を、追うだけだった僕は、それでも幾つかの部屋を抜け、階段を下り、漸く外へ出た……この三階だけでもいったい幾つの部屋があるのだろう……そうして二階……一階……使用されている部屋は除くとしても、今までのような調子で探索していたら何時《いつ》終わるともしれやしない……しかしこんな所に来たのも、そもそもは僕の勝手なノスタルジーだ。到底見つかるとも思われない宝捜しに……しかし……言い出したのも僕だった。

「そうだね……そうだったね。捜そうね」

　大きくうなずく少女に、鷹原氏が帰宅するまでは捜し続けるのが僕の……天使を欺いた罪への償いのように思われた。

　僕は向かいのドアに突進するかわりに、今出て来た部屋の、隣のドアを開いた。

　まず目についたのは傾斜した壁を切り込んで光りを導く縦長の窓だった。黒と白の市松の床を横切り、埃でくすんだ窓を拭くと、荒れた庭と、正面に恐竜のあばら骨を連想させる温室の屋根が見えた。この窓は昔……初めてこの屋敷を見た時、恐ろしい……邪悪な目のように感じた、あの窓だ……。

　再び、昔に帰りそうな想いを覚ましたのは、背後に控える天使の眼差しだった。僕は眉を寄せて、失われたロデリックを捜す探偵に返る……今までの部屋より広い……そして同様にがらんとしたこの部屋は、窓から見える風景からも、先ほど、茶の接待を受けた二階の客間の真上、そして南側の真ん中の部屋と知れたが、入って来た中央のドアの真上から広がる放射状に走る線……間の星……レリーフ状の宇宙を模した漆喰《しっくい》の天井にも、アーカンサスの葉で縁取られた柱にも、葡萄《ぶどう》の豊穣な房と蔓《つる》で覆われた鏡にも見覚えがあった。(デジャ・ヴュ)……その元が、兄の部屋で見たデッサン……克明に描かれたペン画によるものと判るまで、一時を要したが、焦れた様子の瞳に出会うと、僕は行動を開始した。

広いといっても家具はろくろくない。左側の壁に近寄り、年月を経た脆《もろ》い白布を剝がすと、今までの部屋にあったような彫像と狩猟を描いた絵、後は市松模様の床が広がるだけの……床に目を遣った僕は、ドアから真向かいの暖炉へ向けてくっきりと、点在する白と黒を目にした。ビロードのように柔らかな埃に覆われた床は、窓からの淡い光りに晒されて、そこだけが鮮やかに本来の色を表して一筋の道を描いている。僕や由里香の足跡とも違う、埃を吸い取ったような床の筋に引かれて、僕は向かいの暖炉に足を運んだ。

様々な緑色が流れる大理石の暖炉は、長年の埃で輪郭が鈍ってはいるものの、二頭のグリフィンが火床を見守るように向かい合い、その羽から伸びた花綵《はなづな》が中央の薔薇に集結する見事な装飾で、迫り出した台の上には金泥《こんでい》の蔓に囲まれた鏡、両脇には螺旋状の柱に絡む蛇たちの、青銅の燭台がまるで祭壇のようにどっしりと、厳かな雰囲気を漂わせていた。しかし、鏡も燭台もグリフィンたちも、時のビロードの白い衣を纏《まと》ったまま、闖入《ちんにゅう》した無法者の視線を弾き返す……由里香に見せる道化も忘れ、僕は緑の暖炉の前でしばし立ち竦《すく》んでいたが、目眩《めくら》む装飾から離れて火床に目を向けると、楔形《せっけい》文字のように散らばる線に気付いた。

茶褐色の火床にばら蒔《ま》かれた線は、手にしてみると枯れた樅《もみ》の葉のようで、楊枝《ようじ》のような葉はまだ緑を留め、周りの埃とはそぐわない……僕はその葉の散らばる真上……暖炉の中に入り込み、煙突の中へ顔を向けたが厚い闇を感じるだけで、体を起こす。と、目の前の燭台にはちびた蠟燭《ろうそく》が残っていた。ポケットからライターを出し火をつけて、もう一度――入る素振りを見せると、由里香は大喜びで手を叩く。わざと大袈裟に身構え……一呼吸置いて潜り込む。まるでハガードの小説の主人公だった。

期待もせず闇の洞窟に火を翳《かざ》した僕は、炎の揺らめきの中、浮かんだ世界に思わず身を引き、いやというほど後頭部をぶつけて這《は》い出し、由里香に言った。

「何にもない……残念でした。……下で……お父様の声が聞こえたようだよ。戻られて、捜しているのかもしれない。心配するといけないから……由里香ちゃん、ちょっと行ってらっしゃい」

戸惑ったように、僕を見つめる由里香を促し、外へ出すと、僕は再び暖炉へ……暗黒の世界に首を突っ込んだ。

煙突掃除用の、煉瓦に埋め込まれたコの字形の鉄棒から、ロデリックは逆様に吊られてあった！　揺れる蠟燭の炎に浮かぶその顔は、極端な光りと闇に分けられて、不気味な凹凸の中に無表情な硝子《ガラス》の目だけが炎を反射してきらめき、僕を見据えていた。鉄棒から伸びた縄は左足首に巻かれ、宙に浮いた右足はくの字に曲がり、両手をだらんと下げた胴体には小枝が突き刺さっている。触ると枯れかけた葉がぱらぱらと落ちた。——爪先立ちで両手を上げ、やっと届く縄の結び目は固く、僕は炎を吹き消して、闇の中で解く。揺れる人形の髪が頰を撫で、背筋を凍らせた。

人形を抱えて暖炉から出た途端、ぱたぱたと小刻みの足音が聞こえた。考える余地もなく、小枝を引き抜くのと、由里香が入って来たのは同時だった。

「ロデリック！」——歓声を上げて、抱き締めた人形は暖炉と同じ緑の服に、濃い同色の腰帯を着けた……確かに男の人形で、口がきけないのが有難かった。

「どこに……どこにあったの？」

とっさに壁際の衣装戸棚を指し示してしまう。「あの中に座ってたよ。由里香ちゃん、置き忘れたんじゃない？」

「あたし……ここへは来ないもの……ロデリックが勝手に来たのよ。こんな所に竜なんていないのに……。でも、良かった！　もう、おとなしくしていないといけませんよ！ほら、お洋服まで破って、いけない子だわ」

話しかけられた人形の胸は乱れて、僅かに引き裂かれた布地が糸屑《いとくず》を浮かせていたが、見つけた嬉しさに、たいして気にも留めない由里香の様子に僕もほっとした。

縄と小枝を後ろ手に隠し、部屋を出る。

「お父様は？」

「まだなの。クラコ神父様がいらしてたわ……お父様のお友達」

神父の友達？　いささか奇異な感じを持ったまま、「そう……」とだけ言って、僕らはあの客間に戻った。


クラコ神父は僕らを認めると、すぐ椅子を立ち、近寄って、兎のように臆病そうな、そして善良な瞳を瞬いた。

「お友達とおっしゃるから、小さなお嬢さんだとばかり思っておりましたよ。初めまして。コンスタン・クラコです」

滑らかな日本語で挨拶しながら、顔と同じピンク色の肉付きのよい手を差しだして、クラコ神父はころころと笑った。頭までが綺麗なピンクで、その小さな小島に僅かに残った白髪がぽやぽやと踊っている。神父さんというので、詰襟の、黒服に身を包んだ人を思い浮かべていたが、淡いグレイの長袖のシャツに、鈍色《にびいろ》のズボンという……普通の服装だった。


「初めまして。山崎淳です」――小枝を握ったままの手を出して、僕は慌てたが、持ち替えた手で握手しながら、クラコ神父ののんびりと流れる言葉に改めて顔を上げた。

「おや、糸杉ですね。お庭にいらしてたのですか？」

「糸杉？」

「ええ、あそこに……ほれ、温室の脇にあるでしょう？　この庭にあるのはあれだけですからね」

神父の示す先には黒い炎のような樹が、右手の山林からも、黒雲の動く重い空からも孤立して、庭外れの温室に寄り添うようにあった。

なるほど……糸杉だった。ゴッホの描いた『糸杉』……あの狂気に捉えられた……サン・レミ時代の多くの『糸杉』と同じ形の……周囲の樹木とはまるで形状の違う、ひょろひょろと伸びたあの塊に何故今まで気付かなかったのだろう。形だけはゴッホの『糸杉』と同じ……しかし、燃え盛る炎のように躍動し、生のエネルギーに満ち溢れたあれらの絵にある『糸杉』とはまるで違う……陰気な糸杉の樹……

久遠《くおん》なる糸杉は　我を取り巻く
色褪せし秋よりも　なお色褪せ
我が身は　墓へと……

何の本だったか……エピグラフにあった……確かガロワの詩の一節。

喪の象徴としての……死の象徴としての……それに相応《ふさわ》しい……陰鬱《いんうつ》な樹だった。

「イエス・キリストの十字架にはこの樹が用いられたのですよ」

荒廃した庭先の、地獄の炎に目を遣りながら、神父は少女のような声で言った。

「足は杉……手はシュロに打ちつけ……胴は糸杉……おお、なんということでしょう。……この樹の芳香は空気を清めるとも言われておりますが……」

「僕は初めて見ました」

「昔……メアリー夫人が……このお宅の……御兄妹《ごきょうだい》の家庭教師をされていた方ですが……とても熱心なクリスチャンでもいらした。……その方が植えられたものですよ。小さいお二人を連れて教会にいらしたのも彼女でした」

「では、鷹原さん……百合さんもクリスチャン……なのですか？」

糸杉から目を逸《そ》らしたクラコ神父はまたころころと笑って、陽気に答えた。

「名簿には……まだ、お名前は残っておりますがね。メアリー夫人がスコットランドへ帰られてからは……でも……私たちは良き友人です。……まぁ、あちらに行って坐りましょう。坐って話すというのは良いものです。私たちを引き合わせた共通の知人も、もう帰られるでしょうから」

クラコ神父はそう言って、体の向きを変えたが、僕は慌ててその背に声をかけた。

「僕は……そろそろお暇《いとま》します」

ゆっくりと振り返った神父の、相変わらず穏やかな顔に、由里香を託しても大丈夫だと思った。「鷹原氏とは、お出かけ前に話しましたし……元々……用事があって来た訳ではないので……お帰りになられたら宜しくお伝え下さい」

「そうですか。残念ですが……またお会いすることもあるでしょう。ここへは友人としてよく伺っておりますからね」

——人なつこい笑みを浮かべた小柄な神父に、好感を持ちながらも、僕は愚図る由里香を彼に託して、早々に館から引き上げた。

小雨の降り始めた外に出て、まだ小枝を手にしていたことに気付き、崖下の薄闇に点々と灯る、青白い炎のような胡蝶花《しゃが》の花に向けて放り投げる。暗闇に吊り下げられた人形と不吉な小枝……百合を見舞っている時に……と由里香は言った。鷹原氏はやはり……堕天使……ルシファーなのだろうか……？

人一人通らぬ夕暮れの道を、街まで下り、駅に着くと、上りの新幹線にはまだ二十分ほどあった。

切符は買ったが、そのままホームでぼんやりしていると、ろくでもない想いにばかり囚われそうで、駅前のビルに入る。

デパートの食料品売り場のように、コーナーになった土産物店が並び、ケースの中には干物や蒲鉾《かまぼこ》、上には干し烏賊《いか》や河豚提灯《ふぐちょうちん》がぶら下がっている。正面に場違いという感じで本屋を目にした僕は、そこで初めて『錬金術』を蔦屋敷に置き忘れてきたことに気が付いた。

文庫の書棚で鷹原氏の本を見つけると、もう発車五分前。小雨の降り始めた熱海を後にした僕は、日曜夕暮れの行楽客に混じって、東京に着くまでの五十分、その本に神経を向けた。これ以上、妄想に取り憑かれるのを恐れたからだ。だが……その本も……人肉嗜食《ししょく》……カニバリズムのフリッツ・ハルーマン……今世紀初頭のドイツの肉屋……実際にあった美少年殺しの……倒錯した性犯罪……

熱海同様小雨に濡れた、東京の我が家に帰ったのは、それでもまだ黄昏の、薄明がほんのりと残る昼と夜との間の頃だったが、いつもだったら台所にいるはずの母の姿はなく、アトリエで一人、キャンバスに向かっていた父は、僕と母とを取り違え、照れた笑いの中で「警察が来てね……」と、言った。

「いや、太郎の件とは無関係だが、……洋ちゃんがいなくなったそうだ。それで母さん、一時間ほど前かなぁ。どうしても気になるから洋ちゃんの家に行ってみるって……出かけてね。……無事、見つかれば良いが……お前……どこ行ってたんだ?」

途中から目をキャンバスに戻しながら、問う父に、僕が〝ちょっと……〟等と曖昧に答えていると、玄関の戸が開く音がした。

行ってみると誰もいない。そのまま父母の寝室に行くと、啜《すす》り泣くような声が聞こえた。考えるより先に襖《ふすま》を開けてしまう。簞笥《たんす》の前で母が泣いていた。顔を上げた母の涙に濡れた顔を見た途端、僕は駆け寄って肩に手をやる。

「どうしたの?」

「淳ちゃん……帰ってたの。……洋ちゃんが行方知れずになってね、今まで洋ちゃんのお家《うち》に行ってたのだけど……帰って来てこれを見たら……また涙が溢れてきて……」

顔に押し付けていた手には小さなソックスが握られていた。

「火曜日に来たら……返そうと思って……仕舞っておいたのだけど。今、帰ってきて……急に思い出してね……見た途端に堪らなくなってしまったの。こんな小さい子が……」

今週の火曜……怪我をした洋ちゃんから脱がせたソックスだった。あの日……元子さんと洋ちゃんを家まで送り……肩車した洋ちゃんの、華奢な足の感触を頰に蘇らせながら、僕は母から一部始終を聞いた。

夕方、訪れた警官は洋ちゃんの行方不明を伝え、洋ちゃんがいなくなった金曜日、来なかったかどうか、確かめていったという。幼稚園から帰ったのが一時過ぎ、そのまま外へ行った洋ちゃんの、行方を心配して捜し出したのが三時頃。そのまま帰らない洋ちゃんに、夜、警察に届け出て、誘拐が考えられるということからも今夕まで極秘捜査をしていたが、最後に近所の人が見かけてから四十八時間。事故ということも考えられ、ついに公開捜査に踏み切ったという。数多い絵画教室の生徒の中で、洋ちゃんは特に目立つという子でもなかったが、僕の昔と同じように母子家庭の……喫茶店を経営する洋ちゃんの母親と、母は妙に気が合ったようで、生徒の親という以上に、日常も親しく接していた。

「兄さんは？」――何気なく聞いた言葉に、〝兄さん？〟と、そのままつぶやいた母は、両手で握り締めた白い綿のソックスに目を遣ったまま、ぼんやりとしていた。

「太郎さん……太郎さんは……お家に……」と、虚ろに答えたきり、ソックスから目を離さない。Yの字が青糸で刺繍されたソックスがぶるぶると震え、握った爪の先が白くなっていた。「お夕食……作らなきゃ……」

僕など目に入らぬかのように、立ち上がった母は、そのまま部屋を出ていった。まだ坐ったままの僕の膝の前には、あれほど握り締めていたソックスが小鳥の死骸のように落ちている。広げたそれは、僕の掌よりも小さかった。

キャベツを刻んでいる母の後ろを抜け、僕も自室へ引き上げる。

一気に暗くなった庭は、滝のように降り始めた雨に沈み、向かいの兄の部屋の灯がゆらゆらと闇に浮いていた。僕を認めて、もぞもぞと寄って来た犬や猫たちを抱えるため、持っていた文庫を脇へ置く。『美童虐殺』……血のような赤で書かれたタイトルは、そのまま洋ちゃんに重なり……あの暖炉に吊り下げられた人形に重なった！　金曜日……一昨日……僕が熱海から帰り……兄の絵が荒らされた日だ……あの日……鷹原氏も東京に出ていた……そして由里香の人形がなくなったのも金曜日……あの祭壇のような暖炉に続いていた筋……あの日も夜から今のような豪雨になった……あの拭《ぬぐ》われたような床は、濡れた靴で歩いた跡だ！　そしてあの人形は……洋ちゃんの……知らず知らずに撫でていた手に力が入り過ぎたようで、膝の上の不満気な唸りと身を翻して離れた猫で、僕は我に返った。

血腥《ちなまぐさ》いタイトルからとんだ妄想に耽《ふけ》ったものだ。鷹原氏と洋ちゃんを繋ぐものなど何もないではないか。

五

翌々日、いつものようにお絵描き教室に集まった子供たちの、何事もなかったかのような陽気な声を耳にしながら、僕は自室で相も変わらず『いばら姫』の絵を前にしていた。

昨日まで降り続けた雨も上がり、陽の燦々と照りつける庭は、雑草たちの天下で、まだ雫を残したきらめく葉の間を猫たちがうろついていた。

昨日の朝刊に大きく載った洋ちゃんの記事は今朝の朝刊にも引き続き載り、三時半に古川に架かる一の橋を一人で渡る洋ちゃんを見たという近所の人の証言以後、新たな進展もなく、テレビやラジオでも報道されているらしいが、行方は判らないようだった。

あれから『美童虐殺』という、鷹原《たかはら》氏の本には触れる気にもならず、鷹原氏のことも努めて考えまいとしてきたが、糸杉の小枝に胸を突かれた人形の、虚ろな瞳は振り払っても振り払っても瞼に浮かび、鷹原氏と由里香と共にした、あの穏やかな茶の時間も……人形を求めて彷徨《さまよ》ったあの……百合の思い出に浸った至福の時も……全てが『美童虐殺』の赤い文字でグレイの幕を張られたように悪夢の〝時〟に一変していた。——現実の蔦《つた》屋敷を求めて行ったはずなのに、こうして見慣れた部屋で、見慣れた庭を見下ろし、子供等の声と高速道路を走る車の騒音に包まれていると、あの深い緑も、紅茶を受け皿に置く音さえ響く静寂も、全てが夢の……悪夢に締め括られた夢、幻のように思えてくる。

ノックに答えると、ぼす猫〝牡丹《ぼたん》〟を抱いた兄が立っていた。後ろにぶすっとした〝菊〟を抱いた恭平《きようへい》君も居る。

「悪いが……個展のカタログを作るんで……」と、逃げ出そうとする牡丹を持て余し気味に兄が言う。「撮影のために、Sデパートの美術部の人たちが作品を取りに来るんだ。運ぶ間、戸を開けておかなきゃならないし……。こっちで鍵のかかる部屋はここだけだから……寝る時もここだし……こいつらを暫《しばら》く入れておいてくれないか」

気持ちの良い戸外から連れて来られ、仏頂面になった牡丹を受け取り、僕は〝いいよ〟と答えた。続いて恭平君の抱いた菊も部屋に入れると鍵をかけ、下へ下りる。

庭に居た犬や猫を全て僕の部屋に入れ、二重になった戸を大きく開けると、〝もういいよ〟と、兄は言った。〝後は僕たちでやるから〟と。

「手伝うよ」――硝子《ガラス》の向こうで奮闘している父や幸子さんから顔を背けたまま、僕は言った。子供相手とはいえ、絵を教えたり、描いたりというのはまだ苦痛だったが、こういう肉体労働なら却《かえ》って救われる。

兄は何か言おうとしたが、家に入って来る人影に口を噤《つぐ》んだ。二人……一人は金曜に来た刑事だった。

「どうも、先日は」と、兄に話しかける。「おや、何か変だと思ったら……わんちゃんや猫ちゃんたちがいませんね」

「絵を運び出すので……」と、いう僕の声と、「何か判りましたか」という兄の声が重なった。

僕の方へは愛想の良い笑顔でうなずき、そのまま兄に答える。

「いや、残念ながら、こちらの件は今のところ……まだ……」

「では何の御用事ですか」

「そうおっしゃられると……何、別件でちょっとこちらの方に来たものでね。それで、まぁ……たまたま同じ日なもんで……まぁ……ちょっとお尋ねしてみようかと思った次第で」

「同じ日とおっしゃいますと？」――何時《いつ》の間にか母が後ろに来ていた。刑事たちを認めて慌てて出て来たようで、片手に布巾《ふきん》を持ったままだ。

「いや、こちらの絵が荒らされたのが木曜未明ですね。翌日……つまり我々が伺った日ですが、金曜に橋一つ向こうの子供が行方不明になった。しかも、その子はこちらの絵画教室の生徒だったというし、最後に見かけたのが三時半、あの橋を渡っているところなんですよ。親御さんの話では橋のこっち側に来るのはこのお宅に伺う時だけだというのでね」

「でもあの日は……」と、母。

「いや、判っています。三時半に橋を渡っていたなら、どんなにゆっくり歩いても二、三分後にはここに来ていますからね。その頃私はこちらの……弟さんとお話ししていた。確か四時少し前に引き上げたと思います。……子供の家では心配して捜し始めたのが三時頃。四時頃にはこっちの方まで捜しに来ていたそうで……」

「家にもお電話がありましたわ。でも、まさかこんなことになるとは……」と、母が俯《うつむ》く。

「ですから橋を渡った直後、つまり三時半から四時の間に連れ去られた。それで今、こちらの方でも目撃者を捜しているのですがね」と、刑事はまた兄に目を戻した。「貴方《あなた》がここを出られたのは確か二時頃でしたね。大切な絵を荒らされて、大変動揺されておった」

「動揺して……」兄の声は静かだったが、顔色が変わっていた。「子供を攫《さら》ったとでも……」

「いやいや、ただあれからどちらへ行かれたのかと思いましてね。いや、ひょっとして何かご覧になって……」

「家に来ましたよ」と、恭平君。僕もうなずいた。

「貴方は？」

「三谷恭平です。先月まで父が画廊を経営していて……再来月の山崎さんの個展も母が御紹介して……今日もその仕事で来ています」

「そうですか。それはそれは……で、何時頃？」

「アリバイ調べですか」憮然とした面持ちで兄が言う。

「二時……半過ぎです」恭平君は構わず答えた。「それから二人でドライヴしました」

「車は？」と、刑事が庭を見回す。

「家の……僕の車です。太郎さんは持っていませんから。……〝飛ばしたい〟って言うので、千葉の方へ行ったりして五時過ぎに都内に戻って……銀座で食事をして別れました。六時過ぎです。彼は熱海《あたみ》に行きたいというので、車を貸して、僕はその後、小石川の友人の所へ行き……九時頃、家に戻りました」

「食事というのは、銀座のどちらで？」

「五丁目の……地下です。鳩居堂《きゅうきょどう》の先で……『ワルキューレ』というビヤホールです。何だったら店で聞いて下さい」

「刑事さんたちがお帰りになられてから少しして、春江さん……彼のお母さんですが、みえられて……兄が来て、彼と出かけたとおっしゃってました」と、僕も言う。

「そうですか……事件が重なったものですからね。ま、聞くのが仕事なもので……」と、刑事は兄に聞こえるだけの大きい声で言うと、〝失礼ですが……〟と、更に恭平君の住所と電話番号、そして小石川の友人、ついで熱海の行く先まで聞いたが、そこまでは恭平君も知らず、堪り兼ねて母が家に走った。さっさとアトリエに入り、絵を運び始めた兄を目で追いながら、僕も夜、かかって来た鷹原氏からの電話、春江さんから聞いたことなどを話す。

「そうですか。念には念をという訳で……」と、言いながらも、戻って来た母から鷹原氏の電話番号を聞くと、やっと「どうもお忙しいところを。こちらの件も極力捜査中ですので……」と、弁解しながら、引き上げて行った。

相手が刑事だと思うと、聞かれる言葉が全て尋問……こちらが犯人でもあるかのような不快な気持ちにさせられる。金曜日、僕はスポッティたちを抱いて思わず泣いてしまったが、兄は何事もなかったかのように黙々と、門の内側のシートを引いた上に絵を運び続けていた。僕は内気な恭平君が頰を紅潮させながらも、必死で兄のため、話してくれたのに感激し、お礼を言う。彼は前より顔を赤くした。

うろたえているのは僕独りのようだ。気を取り直してアトリエに入り、もう僅《わず》かしか残っていない絵に手を触れると、入って来た兄が〝触るな！〟と低く叫ぶ。

振り返った僕の前を通りすぎ、恭平君と絵を運び始めた兄の顔は、またいつもの取り澄ました顔に返っていた。

〝お前がやったのか〟と言った兄の言葉が蘇る。兄はまだ僕を疑っているのだろうか？いや、必ずしも僕という訳ではない。あの日、山野さんに言ったではないか。〝君がやった、とも言えないし、君ではない、とも言えない〟と……この犯人が判るまで、僕も山野さんも、兄にとっては犯人かもしれない奴なのだ……また兄と恭平君が入って来て、恭平君の哀れむような眼差しを感じた時、僕は会釈するのがやっとで……また庭に出たが、母屋《おもや》のアトリエの子供たちを目にすると、真上の自室に戻る気にもなれず、そのまま外へ行く。

どこへ行くという当てもなく、洋ちゃんが歩いていたという一の橋を渡り、麻布十番の商店街に来たが、やがて洋ちゃんの家が見え、あの中で嘆き悲しんでいるだろう母親を想うと、足は勝手に右に逸《そ》れてしまった。路地から路地へ、闇雲に歩き、足が重くなって初めて顔を上げると、路地の先では車やバスが目紛《めまぐる》しく走っている。大通りに出ると、そこはもう桜田通り、聳《そび》え立つ東京タワーが迫っていた。

馬鹿な……無駄なことばかりしている……自嘲しながら、古川の方へ歩いた。このまま行けば赤羽橋に出る。橋を渡って川沿いに一の橋、中の橋……家……この一か月近く……僕はいったい何をしているのだろう。

疲れた足と愚かな精神を持て余し、目は通り沿いの喫茶店に向いていた。ジャズの店でもあれば飛び込んでいたことと思うが、通り同様賑やかな、派手な店ばかり目に入り、とうとう赤羽橋まで来てしまった。

二メートルほど先の赤煉瓦のビルの一階に、硝子《ガラス》張りの大きな喫茶店があった。そうして僕はその中に、元子さんを見た！……思いがけない所で元子さんの姿を見て、足は止まり、目は釘付けになってしまう。

顔を上げた元子さんの、僕を認めた表情は、驚愕以外の何物でもなかった。

「通りかかったもので……」

突っ立ったまま僕は言ったが、「そう」と答えた元子さんの繕った笑顔に、坐ってよいものかどうか迷っていると「お友達が……」と、元子さんは言った。

「この裏の会社に勤めてるの。……それで……ちょっと話があって……」

「そうですか。……あの、山野さんは？」

「店よ。どうして？」

「いえ、あの……この間……あの……兄が……悪気ではないのだけど……失礼なことを言って……」

「いいのよ、別に。……太郎さんだって災難続きで、気が……みんな、変になってるだけ。あの、もう友達が来ると思うの。……帰りにまた伺わせていただきます」

ウェイトレスが水を持って来たが、元子さんの言葉に僕も「じゃ、待ってます」と、だけ言って店を出た。店を出て振り返ると、こっちを見た元子さんの顔とぶつかる。笑顔のまま右手を振っている元子さんに、改めてうなずき、歩き始めたがどうも気になる。

〝裏の会社〟という言葉が蘇り、そのビルの角を曲がり、裏へ行ってみる。喫茶店の真裏にビルの入口があり、玄関脇には郵便受けも見えた。中に入って表示を見ると、典型的な雑居ビルで様々な会社名に混じって〝アド～〟とか〝～クリエイティヴ〟等、デザイン会社っぽい表示も幾つかある。絵描きが生活のためにデザイン系の会社に就職するのはよくあることだ。しかし〝裏〟と言ってもすぐ裏とは限らないではないか。短絡思考に一人で苦笑しながらビルの奥に向けた目は喫茶店の名前のプレートに止まった。ビルの中から直接行かれる裏口だ。

　クリーム色のドアをそっと押し開けてみると、元子さんの頭が覗いている。そして向かいに坐っているのは恭平君……兄と共にSデパートに行ったとばかり思っていた恭平君ではないか。慌ててノブを引き、細い隙間に目を当てた。

　嘲笑を帯びた鷹原氏の言葉が脳裏を横切った。〝探偵になった気分でね。卑しいですね……いや、僕の言ったのは……〟……今の僕にそっくりと当て嵌まるその言葉は覗き見している身を熱くし、恥じ入らせた。人の言葉を疑い……確かめ……僕自身、刑事の言葉に泣いたではないか？　だが……僕も知っている恭平君を何故、〝お友達〟等と、殊更に名前を伏せ、追い払い、そして……こんな所で会うのか？　山野さんの個展の依頼にしては可笑しい。……少女のような可愛い顔をこちらに向け、怪訝そうに元子さんの話に聞き入っていた恭平君は、二言、三言、首を振りながら答えていたが、そのうち眉を寄せ、何事か言い争い始めた。ドアの真上のスピーカーから流れるピアノソナタ『月光』が、彼等の言葉を遮断し、この楽聖の遥かなる苛立ちをも痛感させた。やがて席を立った恭平君は、顔を顰《しか》めたまま、それでも会釈をすると、一人で出ていってしまったが、元子さんの頭は前に倒れたまま動かなかった。

　僕は暫く迷ったが、何時《いつ》までもそのままの元子さんが、気がかりで、そのまま席へ行ってみる。

　元子さんは顔を両手の中に埋めていた。その左手に痛々しく包帯が巻かれている。〝この間、コップを割った時の〟と、思いながら、やはりこのまま立ち去ろうかと向きを変えたが、包帯が気にかかり、もう一度見直す。その時、気配に顔を上げた元子さんが、顔を上げ、茫然とした面持ちで僕を見つめた。

「ごめん……気になって……」僕は嘘をついた。「引き返して来たんです」

「誰かに会わな……」元子さんは口を噤《つぐ》み、ついで、まだ肘をついたままの手に気付き、慌てて引っ込めた。

「坐っていいですか」――元子さんは返事をしなかったが、すぐに来たウェイトレスに珈琲《コーヒー》を頼むと、僕は坐ってしまう。

　包帯の端から覗く皮膚が一部黄色くなっていた。硝酸で焼かれた手だ。大学の時、選択でフレスコ画と銅版画があり、僕はフレスコを取ったが、銅版を取った友人がこんな手をしていた。

　それに……僕は今になってやっと……あの日……熱海の店でコップを割った元子さんが……思わず口に銜《くわ》えた手と、翌朝、山野さんの頭に艶《なまめ》かしく絡み付いていた手の、左右の違いに気付く。

　珈琲《コーヒー》の置かれたテーブルの下の、傷ついた見えない手に目が向いたまま、口も利けない僕の耳に、元子さんの悲痛な声が届いた。

「判ったの……ね。……太郎さんに言ってもいいわよ。警察にも……どこにでも……」

「でも……どうして！」

顔を向けた僕に、元子さんは突き詰めた瞳で答え、早口に捲《まく》したてた。「太郎さんは入院していて動けなかったし、アトリエの鍵も病院の小引き出しにお財布や何かと入っていたでしょう。洋服を届けに行って……パンツを買いに出た時、合鍵を作って貰ったのよ。店に帰ったら、思った通り、山野も貴方も飲んで……酔っていて……二人共カウンターの外に出てくれたし……睡眠薬を混ぜたの。お酒に。前に不眠症になって……夜中までの商売でしょう。昼間寝ることが多いから」

「いや、僕の……」口を挟んだが、耳に入らぬようだった。

「東京まで車を飛ばして、アトリエで硝酸を見つけたまでは良かったけど、やっぱり気が動転していたのね。うっかり指にまでかけちゃったのよ。慌てて外に出て、庭の水道で洗ったんだけど、あんまりひりひりして、つい音のことも忘れて栓を一杯に開いちゃったの。小母《おば》様が出て来られてね」

「母が!?」

「お願いだから、ここでやめてって……お怒りにもならずに……太郎さんの絵を庇うように立って……頭を下げるのよ。一点残らずと思っていたけど……とてもあれ以上出来なかったわ」

「そう……ですか。……僕が聞いたのは何故……と、いうことで……」

「太郎さんに言うのなら言っても構わないわ」――僕の問いには答えず、元子さんはまた言った。「衝動的にしたことで、小母様にも見つかったし、そのうち判ると……」

「言いません、誰にも。言って良いことならとうに母が言っているでしょう。でも……何故？」

俯いて、元子さんは口を閉ざしていた。冷たくなった珈琲《コーヒー》を口に運び、答えを待ったが、何も返って来なかった。

「何も言ってくれないんですね」

「どうしても言えないことってあるのよ」

ぽつんとつぶやいた元子さんは酷く悲しげで、僕はもう……これ以上……何も言えなかった。何故、こんなことをしたのか判らなかったが、兄に言うつもりはない。兄は自身にも厳しいかわり、人にも寛容ではなかった。それに母が黙っているのはそれなりの理由があるのかもしれない。告げ口は嫌いだ。

だが……何故……押し黙ってしまった元子さんに、僕はようやく言った。

「全部じゃなくて良かった……予定通りSデパートの個展も開けそうだし……兄は強いから……また、ばりばり描いて、やっていける。でも……お願いだから……もう二度と……こんなことしないで下さい。お願いだから……」――元子さんは黙ってうなずき、僕は合わせた手を膝に降ろした。

「帰ります」と、立ち上がった元子さんに、引き止める言葉も見つからないまま、僕等は店を出て、ぎこちなく挨拶を交わして別れたが、割り切れぬ思いが強かった。

元子さんが兄の絵を……犯人が判り、ここ数日の母の暗い顔の原因も判り、喜んで良いはずなのに、心は晴れぬまま家路に着く。

何故……あんなにまでして兄の絵を？　兄だけが個展を出来る妬《ねた》みとしても酷すぎる。第一そんな妬み心を持つような女《ひと》でもない。いや……僕は元子さんをどこまで知っているのか……今回のことでは母ですら……独り、気持ちを秘めていた。〝どうしても言えないことってあるのよ〟と、元子さんは言った。それが愛情からにしろ、憎しみからにしろ、思いやりからにしろ、確かに何も彼《か》もを話すというのは不可能だし、どんなに言葉を尽くしても人が人を完全に知り尽くすということは出来ない。自分自身ですら判らないのだから……。だが、それでも……言葉を捜して……判り合おうとするのが人ではないのか……元子さんはいったい、何を隠しているのだろう？　何故隠すのだろう？

家に着くと、出迎えてくれる猫や犬の姿がなく、僕は急いで自室に行った。家の合鍵は全て台所にあるはずなのに、兄は彼等を僕の部屋に押し込めたまま出かけてしまったようだ。そういえば、兄と共にデパートへ付いていくとばかり思っていた恭平君は……元子さんに呼び出されたにしろ……何を怒っていたのか？　彼があんな風に怒るなんて……それにしても、と……階段を上りながら僕はしんとした我が家をいぶかしんだ。幽閉されたままの彼等に、両親共気が付かないのだろうか？

ドアを開け、一頻《ひとしき》り甘える彼等の機嫌を取り、一緒に下りて庭に出すと、僕はアトリエの戸を開いた。

今日、子供たちに作らせたらしい照る照る坊主が三つほどテーブルの上に転がり、その向こうの壁……一面に、父の絵が置かれていた。普段は〝倉庫〟と呼んでいるベニヤ板で仕切った棚に仕舞ってあるものだ。

無人のアトリエを後にして、台所を通り過ぎ、奥の父母の寝室を覗き、最後に応接間へ行った。

父母はひっそりと向き合って坐っていた。テーブルには四つの茶碗と、貯金通帳が出ていた。

「まぁ淳《じゅん》ちゃん……」顔を上げた母が静かに微笑んだ。

「誰か……みえたの?」と、僕。

「八重洲の遊心堂と銀座の真野だよ」と父。

「絵を売るの!」――うなずいた父に僕は後が続かなかった。両方共、長年父の絵を扱っている画廊だ。父は年に十点ぐらいは描いていたが、何点でもと請われても、渡すのは半分ぐらいだった。〝普通に暮らしていかれれば良いだろう?〟と言うのが父の口癖で、異を唱える者もいなかった。〝百合《ゆり》の……謝罪のためだ……〟僕はやっと「全部?」と聞いてみる。

「ああ、綺麗さっぱり……全部だ。こうしてみるともっと描いておけば良かったなぁ。

いや、もっと大家になっていれば良かったのかな?」――わざとおどけて話す父に、母も「そうですね」と、調子を合わせる。

「淳ちゃん……悪いんだけど……」と、淋しい笑いの後で、母が切り出した。「この……お金、貸して貰える?」

僕と兄のためにそれぞれ作ってくれた通帳だった。兄のは渡仏する時に渡し、僕は行かないので、そのまま母が持っていた。貸すも何も、名義は僕でも、僕が貯金したものではない。僕はそう言ったが、母は頭を下げたきり、容易に顔を上げなかった。

「百合さんがようやく退院するそうだ」と、父が言った。「二、三日して……月が変わったら、皆で伺わせて戴《いただ》きますと言っておいたよ」

僕は黙ってうなずき、夕闇に花を開いた庭の宵待草《よいまちぐさ》に眼を移す。胸が高鳴り……喉が詰まって……何も言えなかったからだ。

六

七月になり、足繁く熱海《あたみ》に通っていた母が百合《ゆり》の退院を告げた三日後、改めて家族で鷹原《たかはら》家を訪ねることになった。家族揃って、どこかへ行くなどというのは初めてだ。

熱海に着くと、父が電話を入れている間に、兄は「花を……」と言って、〝仲見世〟とアーチに書かれた商店街に入って行き、暫くすると真紅の薔薇《ばら》の花束を抱えて出てきた。槍の穂先のように、まだ固い蕾《つぼみ》ばかりの地味な作りだったが、濃い緑の中で、鋭く引き締まった赤は美しかった。

タクシーは、〝山の蔦《つた》屋敷〟の一言で、僕等をあの鉄門の前に運んでくれ、門の前には二十歳ぐらいのお手伝いさんが水色の傘をさし、待っていてくれた。霧雨に煙る荒れた庭には短冊に彩られた笹が突っ立ち、屋敷からも庭からも見事なまでに浮き上がっていた。

十日ほど前に通されたあの二階の部屋に案内されると、まず由里香が兄に飛び着き、ついで僕の所へも来た。猫のように顔を擦り寄せた満面の笑みに、緊張していた僕の顔も綻《ほころ》んだが、兄の怪訝な視線に慌てて顔を逸《そ》らす。

鷹原氏がゆっくりと近付き、そして……バーン・ジョーンズの『いばら姫』のように……百合が居た。

案内をしてくれたお手伝いの美樹《みき》さんと、先日会った豊さんが、すぐに茶を運んでくれ、僕らはあの窓辺の椅子に腰を落ち着けたが、僕の目は百合と床とを往復し、両親の挨拶、鷹原氏の言葉も頭を素通りしていた。

窓を背に……逆光の中で……乳白色の空と雨の、柔らかな光の中に、ひっそりと……溶け込むようにひっそりと、寝椅子に坐っている百合……光沢のある白いドレスは、大理石の肌のような胸元から波のように陰影を作り、横に投げ出された足を被って、そのまま椅子を伝い床にまで届いている。渦を巻いた肘掛けに置かれた長い優美な手は、今まで読んでいたらしい緋色の本を握ったまま、微《かす》かな薔薇の色に染まっていた。

「百合も……」と言う、鷹原氏の言葉に我に返る。「山崎画伯は初めてだったね」父が挨拶をすると、続いて鷹原氏は僕を紹介した。そして……やっとその顔へ目を向けた僕に、百合は「始めまして」と、言った！

〝始めまして……〟短い言葉と共に、僕に向けられたその眼差しは実に静かで、初対面の者へ向ける穏やかな笑みと、落ち着いた声の響きは僕を奈落へ突き落とし……頭を下げるのがやっとだった。

始めまして……始めまして……それだけの、単純な言葉が胸を潰し、口許《くちもと》を歪ませる……あの、僕の心を支配し続けた輝く夏の一日を……甘美な茨《いばら》の思い出と、薄闇の部屋の悪夢の……蠱惑《こわく》に満ちた一日を……百合は全く覚えていない……謝罪の言葉を述べる父と、穏やかに答える鷹原氏の声が遠く風のように流れていたが、先日と同じ、百合の花柄のクッションに目を遣ったまま、僕は涙を堪えるのがやっとだった。

幸い、今日の僕の立場は、全くのお供に過ぎない。

父の取り出した謝罪の金を巡って、鷹原氏と父の間で押し問答が続いているようだったが、俯《うつむ》いた僕の……突き放された僕の……悲しみを堪える不自然な様子は誰の注意も引かず、僕は自分の絶望に浸っていられた。

「ねぇ！」と小さな苛立ちを籠めた声と膝を揺する手に気付き、目を開けると由里香だった。椅子の背後から突き出した顔は、大人の話に飽き飽きした不満で唇を尖らせていたが、僕の視線を捉えた瞳は安堵に丸くなり、「また、お部屋を見せてあげる」と囁《ささや》いた時には、こっそり秘密を打ち明ける時の、輝く瞳になっていた。

「由里香！」――強い叱責の声は百合だった。「椅子に戻りなさい」

同時に集中した視線の中で、「由里香ちゃんと……」と、言った僕は……「暫《しばら》く遊んできても……」と、言った僕は……「よろしいですか」と言って立ち上がってしまった僕は、呆れた両親の顔と、にやっと笑った鷹原氏の顔を見て、一礼して由里香の手を引き、部屋を出てしまった。

大きな樫《かし》のドアを締めた途端にほうと吐息を吐く。咎めたのが鷹原氏であったなら、僕もこんな勝手な真似はしなかったと思う。だが……あの……雪の女王のように超然とした女《ひと》を、目前に意識したまま坐っているのは、もう、耐えられなかった。

「こっちよ」と、由里香が嬉々として言う。一階ではなく、三階への階段を……あの塔の中の螺旋《らせん》階段を彼女は上って行った。そしてあの中庭へと通じる部屋へのドアも素通りして、十段ほど登ると塔の外と同じ、鉄鋲《てつびょう》の打たれたドアに行き着く。

「ロデリックがね、またどこかへ行ってしまうといけないから、ここへ移したの」――レースの縁飾りの付いたポケットから、まるで土蔵の鍵のように大きな鉄の鍵を取り出すと、その声は前よりも密やかに、楽しげになった。「福《フー》さんからね、この鍵を貰ったのよ。二つ目の由里香のお部屋よ」

「福《フー》さんって？」と聞いた僕に、由里香は自分の手よりも大きな鍵を回しながら答えた。

「豊さんの旦那さん」

開かれた部屋は塔の最上階。茸型《きのこがた》の塔の傘の部分だった。

壁際のカーヴに併せて作られたらしい、ゆるやかな曲線の長櫃《ながびつ》がこの部屋の唯一の家具だったが、由里香がそれを開けると、中には行儀良く座ったマデラインとロデリックがいた。――ロデリックの胸元も綺麗に繕われている。暖炉の中の暗闇で、蠟燭《ろうそく》の炎に浮いた不気味な顔は、小さな窓から入る午後の光りに平穏を取り戻してはいたが、触れる気にはならなかった。

「お洋服、綺麗になったね」とだけ言った。

「豊さんが直してくれたの。ね……もう……どこへも行かないわよね？」

笑って僕がうなずくと、由里香も微笑み、ようやく蓋を閉める。人形の虚ろな瞳から解放された僕は改めて部屋を見回した。

椀を伏せたようなドーム型の低い天井、ドアを口とした巻き貝型の床、そしてちいさな楕円の窓……ドアと床を除けば、全て曲線だった。見捨てられ、荒れて、寒々とした小部屋は『眠り姫』の魔女が糸を紡いでいたという屋根裏部屋を想わせ、また洞窟の秘密の小部屋……いや、小さな楕円の、鉄棒が塡《は》められた窓は、牢獄をも想わせた。

「素敵なお部屋だね」

「そうでしょう！　由里香のお部屋よ！」弾んだ声は、すぐに呑み込まれ、由里香はしょんぼりとした様子で窓辺に寄った。「でもね、美樹さんは牢屋みたいだって言うの」

たった今、僕も思ったばかりだが、「そんなことないよ」と、側へ行く。窓は十字に鉄棒が塡められ、背伸びをした由里香がどうやら外を覗くことが出来る高さだった。硝子《ガラス》もない、刳《く》り抜き窓だったが、四つに仕切られた空間は頭を横にしてやっと通るほどで、これなら由里香が落ちる心配もない。

「素敵だよ。お伽噺のお部屋みたいじゃないか」……由里香は嬉しそうに「本当に？」と言ったが、「うん、ほら……ラプンツェルの……お姫様が閉じ込められていたお部屋みたいだよ」と、言う。「お部屋にあったでしょう？　ラプンツェルの御本」

「太郎さんに戴《いただ》いたのよ。由里香……髪を伸ばそうかしら。ここから下に届くぐらい」

「大変だ。そんなに伸ばしたら普段は絡まって歩けなくなっちゃうよ」

由里香はおどけて架空の髪に絡まり、転ぶ真似をしてはくすくす笑い続けた。窓からは緑の香りを含んだ湿った風が入って来る。

「さあて……どれくらい伸ばせば良いのかな？」

僕もおどけて窓から顔を出す。すぐに真下の地面が目に飛び込み、足が震えた。斜めの屋根の部分とばかり思っていたが、張り出しているのは東と南だけで、北側のここは垂直な壁が数十メートル下の地面に続いていた。目の前は鬱蒼《うっそう》とした杉の林で、館の裏は細い通路があるだけだ。霧雨が髪を濡らし、引っ込めようとした時、一階のドアから美樹さんが出て来た。押し潰されたように見えるその胸元には兄の持って来た薔薇の花束がりぼんもそのままに見える。こんな所から見ている人間など気の付くはずもなく、足早に五、六歩、隅に置かれたポリバケツにそれを捨てた。

「ねぇ、何か見えるの？」

由里香がシャツを引っ張る頃には、もう美樹さんの姿はなく、雨に濡れたポリバケツの安っぽい青が光っているだけ……静かな山頂の、平和な風景だった。

「そろそろお部屋に戻ろうよ」――頭を引っ込め、ハンカチでごしごし頭を拭きながら、今見たことが信じられなかった。

「うん……」とうなずいた由里香は、そのまま僕のシャツを握っていたが、上目遣いに僕を見ると「淳《じゅん》さんも絵描きさんだって……本当？」と、おずおずと尋ねた。

「うん……まぁ」

「本当！　じゃ、ここに絵を描いて。そうしたら、もう……牢屋みたいじゃなくなるでしょう？」

「ここって、この壁？　でも……どんな……絵？」

「お姫様や王子様！　お父様に言ったらね、まあるい壁だから壁紙は張れないっておっしゃるの。色だったら塗れるけどって。それで昨日福《フー》さんに頼んだけど……由里香、壁紙みたいに絵がある方がいい……」

「そうだね……」僕は曖昧に答えながらくすんだ漆喰《しっくい》の、荒れた壁を見回した。蝸牛《かたつむり》のような床の形からして、ドアを除けば壁の長さはせいぜい十メートル……だが、そのまま歪《いびつ》な椀状に丸くなった天井と、壁との境などないから……描くとすれば、裸電球の垂れた天井まで、何とかしなければならないだろう。数日で済む仕事でもない。思案しながら視線を彷徨《さまよ》わせていた僕は、ドアが……確か閉めたはずのドアが、浮いているのに気付いた。目を止めると、隙間の闇から光るもの……瞳だ。人間と確信した途端に、その目は消え、石の階段を下って行く微かな音も聞こえた。誰が……と、思うそばから、密かに覗き見されていたという不快な思いが込み上げる。

「戻って……お父様に伺ってみようよ。ね？」

　描こうと決めた訳でもなかったが、あの目が気になって、僕は早く戻りたかった。そのまま、もう……描いてくれるものと上機嫌の由里香の手を引き、急な石段を下り、三階に出、人気のない部屋を、廊下を、歩きながら……無残に捨てられた花束や、監視していたようなあの目を思い、一時忘れていた百合の……〝始めまして〟と言った、あの余所余所《よそよそ》しい口調まで蘇ると、やりきれない思いで、即刻東京に帰りたかった。

二階の樫のドアの前に着き、話の済んだことを祈りながら、葉の形をした真鍮のノブに手をかけた僕は、開けた途端、耳に入った言葉に手を止めてしまった。

「恨んでいるのでしょう！」兄の声、「そんな体にしてしまった僕を」激情に駆られた……低いが、激しい声だった。

「いいえ、あの事故は私のせいですもの。貴方《あなた》の手から無理に逃れようとした……」

「許嫁《いいなずけ》なら許されると思いました。ところが膝に手を置いた途端、貴女《あなた》は震えた。引き寄せようとすると、貴女は身を捩《よじ》り、走行中のドアを開けようとさえした。何故です？そんなにまで僕を嫌悪しているのですか？」

「いいえ、ただ……恐ろしくて……貴方に触れられたのは初めてでしたし……それに、あの日……貴方のお誘いに応えたのも……私……お断りするためでした。きちんと……こんな……結婚は不自然だと思ったから……体がこうなる以前に、決めておりましたの。お断りしようと。ただ、それを申しあぐねている時に……」

「嘘だ……貴女は体が……」

「いいえ！　違います！　それは……確かに……もう歩けないと知った時には動揺しました。でも……私……今では寧ろ……貴方に感謝しているほどですわ。いえ、強がりではなく……本当に。こうなって私、初めて自分の体から解放されたのです。前のように自由に、殆《ほとん》ど体なんてものを意識しないで過ごせた時期は……確かに世間的には幸せと呼べたのかもしれない……でも、いつも想っていました。肉体から離れた……精神だけの世界……軽やかな魂だけを浮遊させて過ごせるようになれないものかと……それが実現しました。今のようにものと化した体は……」

「貴女を愛しています！　心から……。確かに最初は卑劣な手段を使ったかもしれない。でも……今は……貴女を僕の妻に……」

「ならば何故……また薔薇の蕾などで威《おど》すような真似をなさいますの」

「不安だったのです。何としても貴女を……」

「やぁ！」と言う父の声で、僕は飛び上がった。声が途切れ、ドアが軋んだ音を立てて閉まり、振り向くと、隣の部屋から出て来た父が笑顔を向けている。

「書庫を拝見させていただいてね。肝を潰したよ。まるで図書館だ」

父の後から母と、鷹原氏も出て来た。由里香が駆け寄り、抱き上げられる。

「お父様、淳さんがね……」

僕は慌てて「僕も拝見させて戴けますか？」と声をかけた。まだ由里香の要望に応えると決めた訳でもなく、まして今の遣り取りを……つい、話の内容からとはいえ、そのまま立ち聞きしてしまった自分を取り繕うための、無意味な言葉だった。

両手で由里香を抱いたまま、鷹原氏は僕の動揺を見透かすように微笑み、「こんな紙屑の山など、何時《いつ》でもごらんになれますよ。それより、お人払いを命じた太郎さんのお話もそろそろ済んだ頃だと思うし、お茶でも召し上がった方が宜しいかと存じますがね」

僕がドアの前に立っていたことは……ひいては盗み聞きしていたことも……鷹原氏から何れ《いず》は百合に告げられるだろう。

屈託なくうなずきながら歩み寄り、ドアを開けた父の後に従い、強張った顔の二人を前に坐った僕は、目の遣り場に困り……父の陽気な……見事な蔵書に対する賛辞の声を聞き流しながら……徒《いたずら》に足元のペルシャ絨毯《じゅうたん》の幾何学模様を目でなぞっていた。

改めて「お茶を」と言う鷹原氏の言葉に、父は「いえ、もうお暇《いとま》致します」と告げ、それから、とっくに済んだと思っていた謝罪のための金を巡って、また押し問答が始まった。

最前から「お父様……お父様」と、声を挟んでいた由里香が、そのうちついに痺れを切らし、「お父様！」と一段と高い声で叫ぶと、謝罪金を拒否していた鷹原氏の言葉が止み、苛立った小さな由里香に、皆の視線が集まる。

「由里香の塔のお部屋ね、淳さんが綺麗にしてくれるって言うの。お姫様や王子様を描いてくれるって」

歌うようにゆっくりと囀《さえず》る、由里香の言葉を聞いていた鷹原氏の顔が徐々に綻び、僕に向き、「お願い出来ますか？」と言って、僕の返事も待たずに父に向けられた。

「淳さんにお願いしましょう。淳さんに由里香の部屋を作って戴く……それでこの件は帳消し。宜しいですね？」

満足した由里香と鷹原氏以外の誰もが狼狽《ろうばい》した。勿論《もちろん》、僕もだ。

「でも、それでは……」と、父が言う。

「由里香が心から望んでいることですし……むろん、淳さんの御承諾を得られればの話ですが……」鷹原氏は僕に視線を向けた。「今、御制作の途中ですか？」

「いいえ……あの……何もしていません。あの火事から……」

「それはまた……残念としか申し上げようのないことで」

家では触れないようにしていた火事の……あの燃え盛る炎を思い出し、僕は唇を噛んで俯いた。誰も口を開くものはなかった。由里香さえも、異様な空気を感じ取ったのか、口を噤《つぐ》み、柔らかな雨の音のする中、鷹原氏がつと立ち上がり、柱に手を遣る。そこに呼び出しのブザーがあったらしく、間もなく美樹さんが現れた。

「お茶を……」と、言った鷹原氏は、美樹さんが下がると「全作品が燃えたと聞きました。お気持ちのほどは判ります。しかし貴方の技量が燃えた訳ではないでしょう？」と、言った。

彼が何を言おうとしているのか、とっさには判らず、顔を上げた僕は、またあのめらめらと燃えるような……鋭い眼差しに真っ向から捉えられた。

「貴方が数に執着する画家なら別だが……優れた芸術というものは量ではないと私は思

います。貴方の両手は健在です。あれらに優る一点を描けば、それで良いのではありませんか？」

僕の裡《うち》で一瞬にして壊れたものは何だったろう？　そのきらめく瞳に射竦《いすく》められたまま、いつかの宵、窓に立ち、百合を描きたいと願った全身を貫くような激しい飢えにも似た想いが蘇る……「百合さんを描かせていただけますか？」思考より先に言葉が口を突いて出ていた。

無謀とも、礼を外したともいえる自分の言葉の意味を理解したのは、数秒経ってからだったが、その数秒間、口を開く者もなく、僕は鷹原氏の目に、バジリスクの目に……捉えられたまま、百合の視線を感じたまま、羞恥に震えていた。

「初めて貴方にお会いした時……確か、妹の肖像を依頼しましたね」――鷹原氏は言った。「これで山崎画伯との永遠に終わりそうもない問答に決着がつく。如何《いかが》ですか？　皆様の御意見は」――パイプを取り上げながら、彼は百合と父とに視線を巡らした。視線から逃れた僕はまた俯いてしまう。顔が熱くなった。

「それは可笑しい！」憤然とした兄の声。「謝罪金の替わりに描くと言うのなら、淳ではなく、私が描くのが本来ではないですか。まして百合……さんを描くなどと……」

兄の言葉は運ばれた香り立つ茶に遮られたが、美樹さんたちが下がると、鷹原氏は悠然と兄を見据え、「私は便宜的に申し上げただけですよ」と、言った。「こうとでも申し上げねば、画伯にお引き取りいただけないと思いましたのでね。由里香が望み、淳さんの方でも描く気になり、そして私もそれを望んでいたというだけで……言ってみれば、三人の希望が一致しただけの……現世の事故などとは関係のない次元の話ですよ。百合はどう？　君の姿は永遠に残るよ」

「お兄様と由里香が望むことであれば……私の承諾なぞ無用でしょう」

百合の声が頭上を流れる。いささか投げ遣りな、冷たい声は、ますます僕を熱くしたが、思わず吐いてしまった言葉が現実のものとなりそうな気配に、自分で言い出したにもかかわらず、恐れと喜びと……訳の判らない激情に揺すぶられ、目を床から離せなかった。

「願ってもないことです」と、父の声。「淳がまた描き始めてくれれば……こんなに嬉しいことはありません。だが、鷹原さんもおっしゃられたように、問題が別で……」

「もう止《よ》しましょう」笑いながら鷹原氏は父を制した。「実際、切りがありませんからね。こうしましょう。私共が心からお願いして淳さんに百合の肖像をお願いした。それでこの件は打ち切りと……それでもなおとおっしゃるのなら、私の方でも妹の体を金に換算するおつもりですか、と申し上げますよ」

「いや、決して……」父の慌てた声。「実際、どのようにお詫びしたらよいのか……見当もつかないことだと、重々承知しておりますが……」

「それでしたら、これで宜しいでしょう。終わりにしましょう」

断固とした鷹原氏の言葉に、短い父の吐息が聞こえたが「有難うございます」と、深く頭を下げた母に、父も僕も続いた。

兄は憮然とした様子で、椅子から立つと、バルコニーに出て行った。

無頓着にパイプの灰を落とした鷹原氏が「塔の部屋に絵を描くとなると……」元の静かな口調でつぶやいた。「壁画となりますか……」

見つめられても、声が出ず、僕はただ見つめ返したままだった。こんな事になるとは思ってもいなかったし、いざ具体的に〝壁画〟と問われると、単純に即答も出来兼ねた。

「淳は在学中に選択で壁画をやっておりますよ」と、父が嬉しそうに言う。「お前、面白いと言っていたじゃないか」

面白かったのは事実だが、少しばかり齧《かじ》ったに過ぎないし、四年も前の話だ。小さな部屋とはいえ、壁塗り一つ、上手くできるかどうか心許ない……。思わず口にした〝百合さんを……〟と言った時、僕の頭には油彩しかなかった。だが、由里香の希望で話が進んでいた訳だし、あのドーム状の部屋に絵となれば、当然壁面……フレスコとなる。

「あそこの壁には元々絵があったのですよ」と、鷹原氏。「祖父の逝った後、祖母が塗り潰させましてね。由里香は全く知らないはずだが、あの壁に絵を望んだ。面白いですね」

なるほど……と、僕は思った。他の部屋は荒れているとはいえ見事な作りなのに反して、何故、あそこだけが寒々とした牢獄のようなのか、疑問に思っていたからだ。

「西の塔はご覧になられましたか？」

「いいえ……」と、僕。

「あそこと対の部屋ですが、そこの壁面はまだ残っています。と言っても、数年足を向けておりませんから、どういう状態かは判りませんが……よければ御案内しましょう」

〝よければ〟と、言いながらも、言い終わった途端に、氏はもう立ち上がっていた。

「すぐ戻りますから……」と両親を制し、すたすたとドアに向かう。結局、僕と由里香が後に続いた。

廊下に出、左の戸を開けると、体育館とはいかぬまでも、我が家の敷地全部が入るほどの広い部屋で、レリーフの草花に金を押した天井からシャンデリアが五つ下がり、等間隔の柱からも燭台が突き出ていた。ただし家具は何もなく、見事にがらんとした床には埃が舞っている。

「舞踏室です。祖父の生前の話ですがね」

足音を響かせながら、それきり鷹原氏は口を噤み、その部屋を横切り、また廊下に出、階段を上り、廊下、部屋と歩いた。彼と僕との間を蝶のように回り歩く由里香の存在が有難く、その屈託のない話と笑顔に、僕も話題を考えずに済んだ。この摑み所のない人物に何を言えばよいのか、僕には判らなかったからだ。

西側の塔を上ると、こちらの方はドアが上の蝶番でかろうじてぶら下がっているだけで、すぐに部屋の中が眼に入った。

窓から吹き込む風雨にくすんではいたが、東の部屋と相似形の、壁一面にパリの風景が地理を無視してパノラマ風に描かれていた。

エッフェル塔やサクレクール寺院、ノートルダムに凱旋門……絵葉書を寄せ集めたような図だが、これといった損傷もなく、洗えば、フレスコの壁は鮮やかに蘇るだろう。

「芸術的とは言い兼ねますが、祖父が外遊した思い出に描かせたようで……東の部屋はうろ覚えですが上海《シャンハイ》の絵だったと思います。由里香が人形の保存とかで使用人と部屋をうろつきましてね、あの部屋に決めたとか申すまで、すっかり忘れておりました。そういえば……人形は貴方が見つけて下さったようですね。三階の空き部屋の戸棚にあったとか……おかしな話ですが、おかげさまで由里香は大満足。貴方を尊敬していますよ」

僕はどきっとした。あの吊られた人形は彼自身の行為では……と思っていたからだ。それとも余計なことをしたという……これは遠回しの非難だろうか？　答えに窮して僕は壁画に話を返した。

「洗えば……この絵もずっと綺麗になると思いますが……向こうの部屋に改めて絵を描くより、ドアを補修すれば、この部屋で良いのではありませんか？」

「最初、この部屋を見た時、由里香も結構気に入ったそうです。ところがあの長櫃に……」と、鷹原氏は向こうの部屋と同じ場所に置かれた、これも対の長櫃に眼を向けた。

由里香が彼にしがみつく。「猫のミイラが入っていたそうです。そんなものを誰が何時《いつ》入れたのか、見当もつきませんが、祖母の生前飼っていた猫が昔、いなくなりましてね、多分それだと思いますが、ひょっとして開いていたところへ、猫が勝手に入り込み……好奇心の強い動物ですからね……そのまま蓋が閉まって出られなくなったのかもしれません。楽園のイヴにしろ、パンドラにしろ、浅薄な好奇心というのはろくなことがないようで……話を戻しましょう。ミイラは使用人の手で庭に葬られましたが、由里香はそれ以来、ここを毛嫌いしましてね」と、由里香に顔を向けた。「独りでは来れないだろう？」

由里香は大人のように顰《しか》めた顔でうなずくと、「ここは嫌い。戻りましょうよ、お父様」と、鷹原氏にしなだれかかる。

今の話は僕に対する警告だろうか？　弾むように階段を下りる由里香の後に続きながら、再び鷹原氏への疑惑に包まれ、ひょっとしてあの長櫃には今は洋ちゃんの死体が……という妄想まで起き、身が震えた。

「何はともあれ、滅多に要求ということをしない娘《こ》ですし、この閑散とした屋敷で一部屋くらい、彼女のお気に入りの部屋を作ってやっても良いでしょう」——背後から鷹原氏の声が石壁に響く。「勿論、お任せした以上、貴方の御要望には出来る限り応えるつもりでおります。実際にフレスコの制作というのは私もまだ目にしたことがないし、この機会にじっくり拝見させていただければ、私としても楽しみが増えるというものです。何時《いつ》頃からかかっていただけますか？」

突然また具体的になり、僕は慌てた。

「まだ……あの……決まったばかりで……絵も考えていませんし……材料も揃えなければ……描くとなれば日数もかかりますし……」

「こちらで揃えられるものはお教えいただければ揃えさせましょう。後は貴方にお任せして、送って下さればいい。費用は遠慮なく御請求下さい。芸術家に依頼した以上、出し惜しみはしませんから。石灰……砂……顔料……小さな部屋だが、かなりの大仕事になりますよ。足場も組まねばならないでしょう？」

「随分と御存じなのですね」——そう言ってから僕は顔を赤らめた。美術評論も書いている鷹原氏を侮辱してしまったように思えたからだ。

しかし鷹原氏は軽く笑っただけで、二階に下りながら、話を進めた。

「子供の頃のことで、余り覚えてはおりませんが、確か前の壁画の上に左官屋が簡単に漆喰を塗っただけだと思います。その上に描くとなると、前の絵は邪魔にはなりませんか？」

「層の厚さにもよりますが……絵具は縦に浸透しますから。ただ、フレスコの場合、絵を描いた時点で、壁の表面は化学変化を起こし、非常に堅固なものとなり、染み込んだ色は退色もしません。もし……何でしたら……塗られた漆喰を落とせば……前の絵がそのまま出るし……改めて描かなくても……」この仕事を受けたいのか、逃げたいのか、僕自身判らなくなっていた。及び腰の言葉は、またあの燃える瞳で遮られた。そこはあの広い舞踏室だったが、彼は足を留め、僕も致し方なく立ち止まった。

「祖母の嫌ったものを蘇らせようとは思いません」

その激しい口調に僕は慄《おのの》いた。由里香も目を丸くして、氏を見上げたが、続いて「由里香、先にお部屋に戻っていなさい」と言った口調は羽のように柔らかで、予断を許さぬこの感情の変化に僕は呆気に取られた。

由里香が素直に部屋を出て行くと、馬鹿気た恐怖が頭を走り、僕は身を固くしたが、口を開いた彼は由里香に語った時同様、優しい声だった。

「失礼しました。私自身、実は祖母の塗り込めたあの絵を更に……強固に……塗り固めてしまいたいと思ったものですから」そう言うと、彼はくすくすと笑った。「貴方は由里香と似ていますね。感受性が強く、ナイーヴで……僅《わず》かに強い言葉にもそのように竦み上がってしまう」

「すみません……僕が無思慮なことを……」

「いや、私の我が儘です。お許し下さい。ただ貴方の絵に期待をしていたものですから……どうですか、描いていただけますか？」

「はい」

「良かった！　断られたら、あの娘《こ》が泣くでしょう。私も残念です。そうと決まれば……」と、声はまた明るくなった。「私共の方では何時《いつ》からいらしていただいても結構です。ただし荒れた家をご覧になられて、もう御推察かと存じますが、使用人が三人しかおりません。家族は娘と妹だけですし、生活には誰も無頓着ですのでね。制作中は我が家に滞在して戴くとして、何かと行き届かぬ点は御容赦願います。そのかわりと言ってはおかしいが、皆、勝手に過ごしておりますから、どうぞお気軽に……幸い空き部屋だけは幾つかありますし、何でしたら今日からお泊まりいただいても結構ですよ」
「いえ、あの……準備もありますし……」――鷹原氏が僕の気をほぐすために言った冗談だとは思ったが、僕は真面目に辞退してしまった。ここまで来ると、もうやらない訳にはいかない。だが、急ぎすぎる話についてもいけない。「帰って……用意の調《ととの》い次第、伺わせていただきます」
「お待ちしています」――あっさりと言うと、ようやく氏は歩き始めた。

部屋に戻ると兄の姿はなかった。出版社との約束があるとかで、一足先に帰ったという。個展の準備以外にも画集の出版、そして月刊誌の表紙と、忙しいようだった。実際、兄が描くと言っても、今の状態では無理だろう。せめて個展でも済めば別だが……僕が戻るとともに、百合に暇の挨拶をする両親の陰で頭を下げながら、僕は最前の兄と百合との遣り取りを思い出していた。個展が済めば、彼女は兄の妻となるのだろうか？　それとも……とうとう目を逸らしたまま、部屋を出てしまう。

鷹原氏と由里香は屋敷の外まで送ってくれ、門の石段の下には、小さな頭に不釣り合いな頑強な体の老人が車と共に待っていた。

近付いた僕は直観的に由里香と共に塔の小部屋に居た時、覗いていた目を思い浮かべたが、彼の眼差しは父の引きずる足に向けられており、そのあからさまな視線に、一瞬むっとしたものの、続いて父の顔に向けられたその瞳は、茫然として、まるで幽霊でも見た人間のようで、怒りの気持ちは薄れ、〝父の知り合いだろうか？〟と思った。しかし、鷹原氏の紹介で挨拶を交わした父の様子は屈託のないものだったし、その老人の表情も普通に返っていた。

豊さんの夫で、上海時代から鷹原家に仕えているという。その人の良さそうな笑顔を見ると、さっきまでの顔は僕の見誤りかとも思えて来る。

中国人ということだが、クラコ神父同様、流暢な日本語で「雨も上がりましたようで……」と言うと車のドアを開け、僕等を乗せると、そのまま熱海の駅まで送ってくれた。

東京へ帰る車中、父は僕の新しい仕事を大いに喜んでくれたが、兄のことになると、溜め息を吐《つ》いた。

僕が部屋を出た後、兄は改めて百合と結婚の話を始め、個展の済んだ今秋にと申し出たが、百合の返事はなかったという。

「フランスに行きっぱなしだったのが悪かったのかもしれんなぁ」と、父はつぶやいた。

「では、結婚は取り止めですか」僕は声を押さえて聞いた。

「さぁ……こういうことは何ともなぁ……傍でとやかく言うものでもなし……ま、百合さんも表面は落ち着いて見えるが、まだ事故から幾らも経ってない。性急に気持ちを聞くのも無理だろうよ……太郎の気持ちは変わらんことだし、今度の責任もある。ゆっくり話を進めていけば大丈夫だろう」

〝壊れてしまえ！〟……僕の中の悪魔が囁いた。百合は父母の前ではどうであれ、現に口に出して断っていたではないか。事故とも関係なく、前から断るつもりだったと……だが、それが、気持ちの動揺から来た一時の詭弁だとしたら……車窓に僕の醜い顔が映っていた。お前は何を望んでいる？

〝始めまして……〟絶望的な言葉が蘇る……

七

鷹原《たかはら》氏からの電話は僕等が鷹原家を辞去した翌日から鳴り続け、僕は彼の熱意が本当だと判ったが、電話でフレスコ画制作のあれこれを話すうちに、僕の頭もその熱に感染し、〝一日でも早く〟という要望に応えるべく、昼は画材屋、夜は下絵の構想と、何か月振りに気持ちが引き締まって来た。〝夏休みに入れば絵画教室もお休みになるから、母さんも身の回りの世話くらいはしにいけますよ〟と、母は僕以上に喜んでいたが、僕の心は百合《ゆり》を描けるという喜びと、共に過ごす夏への不安で揺れていた。準備が整い次第、出かけ、制作は来月……八月いっぱいと決まったが、絵のことより、僕の頭はあの兄妹《きょうだい》につい行ってしまう……一月以上もの長い日を彼等と過ごす……そう想うといつも不思議な陶酔感と恐怖が沸き上がった。炎のような眸《ひとみ》と氷のような眸……二人は僕の周りにいる誰とも似ていなかった。

そうして再び蔦《つた》屋敷を訪れたのは、十日後の日曜日――。その日も朝から相変わらずの雨だったが、熱海《あたみ》に着く頃には小雨となり、蔦屋敷に着いた時にはそれも上がっていた。

駅まで出迎えてくれた福《フー》さんは、電話で要望しておいた通り、僕を三階の、あの塔に近い部屋へ案内してくれた。北側の初めて見る部屋だった。

壁の化粧漆喰《しっくい》は傷んではいたが、念入りに整えてくれたらしいベッドや戸棚、机等の家具、そして床も清潔で気持ちが良かった。ボストンバッグから服や洗面道具等出して小箪笥《こだんす》に収める。画材は購入する度に送っていたし、漆喰用の物はこちらの建材屋から既に取り寄せてあるはずだった。

福さんは僕を案内すると、すぐに「旦那様にお伝えして参ります」と、姿を消し、身の回りのものを整理してしまうとすることもない。窓からは鬱蒼《うっそう》とした杉木立が見えた。

顔を突き出すと、一部屋置いた右側にあの塔が見える。そして下の細い通路は美樹《みき》さんが薔薇《ばら》を捨てた所だ。あのポリバケツもあった。〝ならば何故……〟激しい百合の声が蘇った。〝薔薇の蕾《つぼみ》などで威《おど》すような真似を……〟そうして百合は薔薇を捨てさせた。

薔薇の蕾にどんな意味があるというのだろう……？

涼しいほどの山の冷気から身を引き、サマーセーターを取り出したところに鷹原氏が入って来た。

「やぁ、よくいらして下さいました。しかし御要望とはいえ、本当にこんな部屋で宜しいのですか？」

「ええ、出来るだけ塔に近い方が……制作に入ると深夜までかかることもありますし、

て南側になさるとか……」

「無理にとは申しませんが、私共も夜更しですから、幾ら夜中に邸内を歩かれようが、一向に構いませんし、一階の客間の方が気持ちが良いと思いますがね。この階でもせめて南側になさるとか……」

電話でも聞いた言葉だった。三階の北側は昔の使用人用の部屋ばかりだと。だが南側にはあの人形の吊るされていた部屋があった。少なくとも中庭に隔てられているだけ、こちらの方が気が休まる。それに実際、制作現場に近いほど、何かと便利だし、一階にいる家人たちに気兼ねしないですむ。何と返事をしてよいのか迷っているうちに、鷹原氏の方で諦めた。

「まぁ気が変わられたらいつでもおっしゃって下さい。お疲れでなかったら、御一緒に」と、踵《きびす》を返す。僕等は隣の、塔への階段へと続く部屋に入った。

僕は思わず歓声を上げた。十畳ほどの小部屋はやはり綺麗に磨き上げられ、壁際には漆喰用の砂や消石灰の袋、そして飾り戸棚には不釣り合いな顔料の袋や筆が収められてあった。更に中央の楕円のテーブルには顔料を溶くための皿や篦《へら》が重ねられ、その脇の床には漆喰を作るための大きな長方形のパッドが置かれて、鏝《こて》やバケツも見える。完璧だった。

「足りないものがあったらおっしゃって下さい。洗面所はこの一つ置いた南側ですから、水はそこから運んでいただければいい。御案内しましょう」

アール・デコの幾何学模様のタイルで覆われた洗面所には石鹸からタオルまで気兼ねのないよう棚に積まれてあり、隣の浴室も綺麗だった。

「入浴なら御一緒の所で結構ですが……」と、これ以上手間をかけても……と僕は言った。

「一階、二階は各々の部屋にバスが付いています。私と一緒にと言われるのならいつでもどうぞ」

僕は赤面しながら鷹原氏の後を追い、塔へ入るとまた声を上げてしまった。長櫃《ながびつ》はそのままだったが、床はビニールで覆われ、その上に更にシーツが敷かれ、そして中央には足場も組んであったからだ。

「ビニールだけでは座って気持ちが悪いでしょうからボロ布ですが一応敷いておきました。気儘に汚して下さい。替わりは幾らでもありますから。新しいものはここにはありませんが、古いガラクタやボロなら溢れておりますからね。足場はどうですか？ 何か……」福さんの苦心の作ですよ。使い辛いようでしたら、勝手に改良なさって下さい。何か……」

僕は胸が詰まって、声も出なかった。こんなにまで……至れり尽くせりの用意がなされていようとは思ってもいなかったからだ。温かな声援が至る所から聞こえて来るようだ。

「到着早々、お茶も差し上げずに引っ張り回して疲れたのでは……」

「いいえ、とても……感激してしまって」と、僕は慌てて言った。ルシファーなどと思っていた鷹原氏の誠意にどうやって応えればよいのか……「頑張ります」

「いやぁ……」鷹原氏は苦笑いをしてドアへ向かう。「気楽にやって下さい。あんまり頑張られると、一階でぐずぐず暮らしている私共が困ります。避暑のつもりで……といっても今日も少々肌寒いが、今年の夏は不思議ですね……誰もが勝手にやっておりますから、貴方《あなた》も気儘になさって下さい。まぁ……お茶でも飲みましょう」

外へ出ると、あの大きな鍵で戸を閉め、僕に寄越した。「由里香から貴方へお渡しするように託《ことづ》かりまして……どうも……人形が逃げ出すと困るからいない時は必ず閉めておくようにと……言い出したらきかない……ちびだが頑固で……困ったものです」と、一向に困った様子もなく言う。

「そういえば由里香ちゃんは？」

「中川先生……家の……古くからの家庭医ですが、友人でもあります。彼と散歩に出ました。もう戻る頃ですよ。穏やかな気持ちの良い人ですから気兼ねは要りません」

一階に下り、改めて豊さん、美樹さんに挨拶をしていると、由里香も中川先生という人と帰って来た。僕等はそのまま一階の〝福さんのお部屋〟と呼ばれる部屋へ行った。

シノワズリ……支那趣味の典型的な部屋は、内庭に面しているのと、艶を失った黒い漆の壁のため、明るいとは言えなかったが、その分、落ち着いていた。鏡板には螺鈿《らでん》の実を付けた桃の木や鳳凰《ほうおう》、支那服の人物等が描かれ、天井も牡丹《ぼたん》や梅の咲く格天井《ごうてんじょう》で、今は全てが色褪せていたが、それが、この部屋の黄昏《たそがれ》にも似た、淡い光りに合っていた。しかし前からの……この部屋の家具調度と思しき紫檀《したん》の机や椅子、鼈甲《べっこう》で飾られた小卓の間にルイ王朝風の長椅子や安楽椅子が雑然と置かれ、壁際にはテレヴィやステレオ等が並び、透かし彫りのある寄せ木の小卓の上にファミリー・コンピューターを見るに至っては、思わず顔が緩んでしまった。そして、その何とも奇怪な……それでいて妙に心休まる部屋の果て、窓辺の薄紫のカーテンを背に百合はいた。

車椅子に坐り、紫檀の大きな机で、読書中だったが、本から顔を上げた様子は余り僕を歓迎しているとは言いがたかった。

僕は鷹原氏の言葉で、中央の、やはり紫檀の低いテーブルを囲んだ椅子に坐ったが、百合の眼差しが気になり、俯《うつむ》きがちだった。

それでも茶が運ばれ、百合も側へ来ると、中川先生と由里香の屈託のない、散歩の話となり、座は陽気だった。

中川先生は鷹原氏の言ったように、穏やかな、そして気さくな人で、僕としては珍しく初対面の人の前でも上がらず、心配していた百合との対面も、この先生の御陰でいつしか自然になった。初老の、胡麻塩頭に血色の良いふっくらとした顔で、体も大きく、この座の中で唯一声も大きかったが、快活な口調は座を明るくし、和やかにした。

「フレスコ画ですか」と、彼は顔に似合った大きな目を殊更に開いて言った。「それは面白そうですね。以前、イタリアへ行ったおり、幾つか見ましたが、あのミケランジェロの……何と申しましたっけ……何とか礼拝堂……」

「システィナ礼拝堂ですか？」と、僕。

「そうそう、あれは凄いですね。いや、実際に描いているところを見られるとは思ってもいませんでした。おっと、早とちりで……拝見させていただいても宜しいですか？」

僕が「ええ」とうなずくと、彼は満足そうに小皿の菓子に手を出した。「それで、やっぱり……あの……ノアとかダヴィデとか、聖書の絵を？」

「ラプンツェルよ！　それに眠り姫も」と、由里香が答える。僕は「童話の絵です」と、補った。

「ほう、それはいい。なにしろあちらの神様や何かの絵は十人も言われると、もう……名前もこんがらがってきましてね。おまけに誰が誰の息子でとか妻でなどと講釈されるともう、お手上げです。しかし、お若いのにフレスコ画とは……」

「彼は本来、油絵ですよ」と、鷹原氏。「彼の絵に惚れましてね。フレスコも大学の時に習得されたそうで、ミケランジェロがシスティナ礼拝堂を描き始めたのは三十三歳。彼にはまだ大分間がありますが、家《うち》で小手調べをするには丁度よい歳でしょう。今にクラコ神父の教会も、ということになりますよ」

「それはそれは……ここへ来る楽しみが一つ増えましたよ」

百合は一言も話さなかった。微笑みを浮かべてはいたが、決して僕の方を見ようとはせず、曖昧な微笑は常に僕を飛び越えていた。

陽が陰り、部屋の灯を点けるため、鷹原氏が立ち上がったのを機に、僕も立ち上がり「仕事を始めるので」と言う。

「今日いらしてもう仕事ですか」鷹原氏は大袈裟に驚いた顔を見せ、「明日からゆっくり始めればよいではありませんか」と言った。

片意地を張って、塔に戻るのを百合のせいにする訳にはいかない。実際、僕はここへ仕事をしに来たのだし、すぐにでも仕事を始められる状態を用意してくれた鷹原氏の熱意にも、応えたかった。いや、実際にはただ……僕を無視しようとした百合の……考えるのはやめて、塔へ行く。

今の壁を下塗りとして……馴染みをつけるための中塗りだけでも三、四日はかかるだろう。僕は中塗りの食い付きを良くするため、ドーム状の天井から壁から傷をつけていく。古い漆喰の粉末がばらばらと床に落ち、宙を舞う。この暴力的な作業は、今の僕には快く、暫《しばら》くすると、立ち向かう気力も湧いて来た。

ミケランジェロなら二週間で仕上げるだろう面積だったが、僕にとっては初めて他人から受けた仕事だ。まして百合の目に触れる仕事……あの夏の日のことも忘れ、今も無視しようとする百合へ、突きつけることの出来る唯一のもの……部屋が薄闇に覆われ、豊さんが様子を見に来るまで、僕は壁を相手に戦っていた。

電気も点けずミイラのように真っ白になって凶器を手に暴れ回っていた僕を見て、豊さんは逃げ腰で、「宜しかったら八時にお夕食ですから」とだけ言って慌てて下りていった。

粉を払って時計の文字板を見ると三十分前、何の身支度もせず、いまや全身粉だらけになった僕は急いでシャワーを浴び、タオル一枚で部屋へ飛び込み、服を着る。誰もいない三階に部屋を決めたのは正解だった。

食堂は〝福さんの部屋〟の手前だった。

まず驚いたのは六、七メートルはあろうかと思われる細長い食卓だった。幅は一メートルほどだが、余りの長さにもっと狭く見える。ドアに背を向けて坐っていた由里香が振り向き、にっこり笑った。前に用意された椅子がどうやら僕の席らしい。遥か彼方の両端に鷹原氏と百合がいた。福さんがすぐにスープの鉢を抱えて入って来る。「遅くなりました」僕は鷹原氏の方へ歩きながら、言い、後ろを回って由里香の前にたどりつく。「豊さんが貴方の姿に肝を潰していましたよ。初日から余り無理はされないように」と、氏は笑いを押さえた声で言った。「今日は第一日目なので、豊さんを呼びにやりましたが、明日からは食事は気になさらないで下さい。食べるために時間の制約を受けるなど馬鹿気ておりますからね。夕食は一応八時と決まっておりますが、間に合わなければ遅くいらしても結構です。朝食、昼食などは皆勝手で……後で豊さんに聞いて下さい」

かけ離れた席からの声はこの静けさの中でなければ聞き取れないだろう。ゆうに二十人以上は坐れる食卓にぽつんぽつんと席を取っているのは何とも奇妙だったし、食事を運ぶ方も大変に思えたが、昔からの習慣なのか、運ぶ方も受ける方も平然としていた。だが、豊さん、美樹さん、そして福さん総出で腕を振るったという食事は美味しく、鈍い光りを放つアンティック・ゴールドで統一された部屋も落ち着き、デザートのぷるぷると震える薔薇色のゼリーを食べる頃にはくちくなった腹のせいもあり、すっかりくつろいでいた。

食後、〝煙草でも……〟と、立ち上がった氏は百合の後ろの扉を開け、また〝福さんの部屋〟へ入った。


鷹原氏が由里香のためのジュースと、僕等のための酒を作ってくれている間、僕は昼間、百合がいた窓辺で薄紫のカーテンを開け、またもや降り出した雨を眺めていた。中庭は闇に沈み、向かいの暗い窓も雨に煙って幽霊屋敷のように見えた。――あの孔雀は死んでしまったのだろうか――遠いあの日、鉄の手すりの唐草越しに見下ろした孔雀は、この部屋からだったら間近に見えたことだろう。そしてもっと昔はこの壁も天井ももっと色鮮やかで、今僕が坐っているこの椅子の紅梅色の絹地もつややかに光り、そんな中で孔雀を見たら、まるで桃源郷にいるような気分だったのではないか……背後に百合の車椅子が近付く音を聞き、僕は身を強張らせたまま、幻の孔雀を追い続けていた。そして、ついに「淳《じゅん》さん……」と、呼び掛ける声を聞くと、致し方なく振り向いた。

百合は思ったよりも間近にいた。「私たちの……」と、彼女は早口で囁《ささや》いた。

「あの日……あの十二年前の夏の日……私たちが会ったことは……兄に言わないで下さいね」

孔雀と……真摯《しんし》な百合の眼差し……これほどまでに真摯な想いを込めた眼差しというのを、僕は言葉の上でしか知らなかった。孔雀が消し飛び、僕は慌ててうなずく。彼女は初めてにっこりと笑った。由里香に似た……無邪気とさえいえる打ち解けた笑い顔を、僕はようやく彼女から受けた。

喜びが僕の五体を駆け巡る。彼女はちゃんと覚えていたのだ。

「内緒話は済みましたか」

鷹原氏が両手にグラスを持ってやって来た。側の、本やレコードが乱雑に散らばった紫檀の机にそれを置く。溢れる喜びをグラスに伸ばす手で紛らわせながら、僕の目は机上にあった素晴らしい豪華本に止まった。

四六判の本は本物の蛇皮で装丁され、かど皮と背には暗緑色のモロッコ皮、三方金の輝きが紫檀の暗い面に光りを投げている。勝手に触るのも憚《はばか》られ、グラスを取りながら、何気なく首を傾げると金箔押しの背文字が見えた。『美童虐殺』……僕は目を背けたが、面白そうに見つめる鷹原氏の目と合ってしまった。

「この本を出版した会社に物好きがおりましてね」と、彼は本を手にした。「市販とは別に十部限定で作ったのですよ。随分と大袈裟なもので……」

「今、御執筆されているのは？」――無礼は承知の上で、遮るように聞いてしまった。

「この本でも一章を割いた〝青髯《あおひげ》〟の話です」気にもせず、彼は答えた。

青髯？……元子さんの言葉を思い出す。

〝あの人の別名、知らないの？　あ・お・ひ・げ〟……青髯が青髯の話を？……僕の呆れた顔に、彼は前よりももっと面白そうな……子供のような目付きになり、「下らぬ噂を耳にされたようですね」と言った。

「青髯といっても、ペローのお伽噺の青髯ではありません。青髯とは本来、ブルターニュの王でコーモールというのですがね、それがいつのまにかジル・ド・レーと混同されてしまった。十五世紀のフランスの領主が何故、青髯の民話と混同され、そう呼ばれるようになってしまったのか……今のところ私にも確かなことは判りませんが、一方は妻殺し、一方は幼児殺し……そして時代こそ違え、共にフランス、ブルターニュ地方の領主だったということ……その血みどろの印象が両者を結び付けてしまったのかもしれませんね」

幼児殺しと聞いて、僕は震えた。まだ……未《いま》だに行方の知れない洋ちゃんのことを想い浮かべたからだ。

「でも面白いわ、お兄様」と、百合が言った。「誤解とはいえ、私たちはここで『青髯』

の話を、淳さんは上で『ラプンツェル』と『眠れる森の美女』の絵を……この夏は皆で童話の世界に入るのですわ」

「残酷な童話のね」と、鷹原氏。「私たちは二人共ジルに魅せられましてね、『美童虐殺』では僅《わず》か四十枚の原稿で紹介に止《とど》まりましたが、この夏は本腰を入れて、この男爵に付き合うつもりです。彼だけで一冊の本に仕上げようとね。数頁《ページ》で片付けるには惜しい人物ですし、あらゆる意味で非常に興味深い人間です」

「僕は実は、その……『美童虐殺』は……最初の章しか読んでいないのです。済みません」

「いやいや、気持ちの良い話ではありませんからね」──彼はにやりと笑った。

「お父様！　お父様」と、ファミリー・コンピューターで遊んでいた由里香が血相変えて飛んで来た。「ラーミアが！　オーヴでラーミアが生まれたの」

意味不明の言葉を叫んで、由里香が鷹原氏を四十インチはあろうかと思われるテレヴィの前に引っ張って行くと、百合もそちらへ向かった。仕方なく僕も行く。

鮮やかな画面を前に、由里香はコントローラーを操作しては人物を動かし、興奮して氏に話しかけていた。

「オーヴをね、オーヴをみんな台に置いたらラーミアが生まれたの！」

「オーヴって何？」と、僕は聞く。

「オーヴは……オーヴよ」いささか軽蔑した響きの声が返って来た。「最後のオーヴが見つからなかったのだけど、叔母様が教えて下さったの。マーチャがカクメイで牢屋に入れられて……」

「かくめいって……」

「独裁者を倒すことよ。淳さんって何にも知らないのね」

「済みません」——由里香を宥《なだ》めながら、鷹原氏が苦笑いを浮かべた。「大人の間にいるもので、生意気になるようです」

五歳の由里香の早熟さにも驚いたが、僕の目を奪ったのは、今や百合がコントローラーを手にゲームに夢中になって興じていることだった。由里香と共に彼女はゲームの世界に入ってしまい、画面では海や森の上を鳥が……ハープに似せた電子音に乗ってゆっくりと移動している。頻繁に二人の間から〝カザーブだわ！〟とか〝イシスの所よ！〟等という歓声が上がっていた。入り込む余地もない。

「『美童虐殺』ですが……」と、僕は鷹原氏に話しかけた。「以前、文庫を購入したのですが、読みかけで……家に置いてきてしまいました。あの限定本ではなく、もし文庫の方がございましたら……お借りしたいのですが」——目の前で鷹原氏の瞳が輝く。

「ございますよ、何冊も。……あのテーマに興味をお持ちですか？」

「いえ……まだ……よく……判らないのですが……」

曖昧に言葉を濁した僕から離れ、氏は部屋を出ると、瞬く内にあの文庫本を手にして帰って来た。

「有難うございます」——触るのもおぞましいと思っていた本を僕は受け取った。……再び読む気になったのは、ただ……百合をも魅了したという男のことを知りたかったにすぎない。

「私自身が世の中から外れているせいか、アウトサイダーとしての犯罪者の心理にはかなりの興味がありましてね」と、鷹原氏は言った。彼の瞳にまた炎が宿る。

「単なる物欲とか性欲目当ての犯罪ではなく……」由里香が側にいるのに、彼は平気で物騒な話を始めた。「精神の屈折した……自分でも気付かない……裡《うち》の……どろどろとした……文化という贋の仮面を被って人間となった、動物の……抑圧された本能の爆発を思わせるような行為に魅せられます。もし……もしも……そのような犯罪が身近で起きたなら……多少の危険は覚悟してても……私はその犯罪者と話をしてみたいと思いますね。……馬鹿気ていると思われますか?」

突然の質問に僕は慌てた。「いえ……でも……」

「例えば……梶井基次郎の水晶のような作品の一つに……」と、彼は頓着なく続けた。「『愛撫』というのがあります。猫の……薄べったい冷たい耳に……切符切りでパチンと穴を開けてみたいという……御存じですか?」

僕はうなずいた。梶井基次郎は好きな作家だ。彼は満足気に話を続けた。

「そういう自分より小さなもの、無防備なもの、弱く美しいものを……いとおしむと同時に傷《いた》めつけてやりたいと思う……暴力願望を人間は誰しも持っているものですよ。

〝食べてしまいたいくらい可愛い〟と、よく上品な御婦人まで口にされますね。あの〝可愛い〟が文化に操られた……表面的な人間としての言葉とすれば、その言葉に乗じて、〝食べてしまいたい〟という隠された凶暴性をも吐露している訳で……現にこういうゲームで（彼はテレヴィに顔を向けた）怪物と戦うのも、アクション映画のヒーローに我身を託して喝采を送るのも、全てそういう万人の裡に秘めたサディスティックな感情の捌け口でしょう？　子供や小動物を前にして……この柔らかな肉を引き裂いたら……このつぶらな瞳に指を突っ込んだら……と、そう想われたことはありませんか？」

僕には答えられなかった。そうしたこと自体、今まで意識して考えたこともなく、〝ある〟とも〝ない〟とも、口に出しては言えなかった。ただ彼の瞳の炎の中に……その暗い火炎に嗜虐と嘲笑をも見つけると僕は「ありませんね」と、口にしていた。彼は観念を弄び、僕をも弄んでいる……そう感じたからだ。

「そうですか……貴方は優しすぎるから……」と、彼は興醒めた……追い詰めた獲物を取り逃がした……猟師のようにつぶやいた。

「そろそろ失礼します」と、僕は本を手にして言った。「明日は早くから左官屋になりますから」

誰にも引き止められず……実際……百合も由里香もテレヴィ・ゲームに夢中で、会釈するのもやっとだった――僕は三階へ戻る。

仮住まいとはいえ、自室に帰るとほっとした。そうしてまた、新たな喜びが沸き上がる。百合は覚えていた……〝兄には言わないで……〟その理由が判らなくても、二人の間で密約を交わしたことに僕は大いに満足していた。そう、あれは二人だけの秘めた一日なのだ。ドアの隙間から差し入れたらしい紙片に気付き、拾い上げる。豊さんからのメモで、食事時間や湯の来る時間（熱海が温泉地だということを僕は忘れていた。〝湯元〟という所から、遥々《はるばる》この屋敷まで配管され、送られた湯は一旦一階裏のタンクに入れられるという）等、滞在に当たっての必要な事柄が書かれていたが、食事にしても何にしても、殆《ほとん》ど制約のない、気楽なものだった。口頭ではなく、メモを置いていったところをみると、僕はよほど豊さんを驚かせてしまったようだ。

さっそく湯に入る。少し温《ぬる》めで……アルカリ分が強いのか石鹸の泡立ちは悪かったが、それでも疲れが一遍に取れ、部屋に戻って煙草と、バッグから出したウィスキーを手にする頃には鼻唄まで出ていた。まだ十一時前だ。ベッドに横たわり『美童虐殺』の本を開く。

〝青髯・ジル・ド・レー〟は一番最後の章だった。

――人の限界を超えてしまうような――究極にまで押し進めた〝悪〟は、もはや人間の所業とはいえず、神の領域に入ってしまう。〝悪〟はその瞬間、〝聖なるもの〟へと転化してしまうのである。

このような奇妙な書き出しで、その章は始まっていた。一瞬、戸惑った僕は、それでも次の行へ入ると、安心して読み進むことが出来た。ジル・ド・レーの生い立ちから書かれた文は、よくある伝記小説の形を取った、どうということのない……だが、目の眩《くら》むような大貴族の話だった。

一四〇四年に生まれ、十一歳で両親を亡くしたジルは、弟と共に祖父に育てられ、十六歳で結婚。ただしこの結婚は領地を広げるためと世継ぎをもうける〝必要〟のためであり、彼は本来、ホモセクシァルであった。

そして二十代の頃には男爵ジル・ド・レー卿であり、イギリスとの百年戦争に入って権威も失った貧困の国王、シャルル七世を軽く上回るフランス最大の資産家で、年収は十億以上、多くの領地と城を有していたという。また、オルレアンの田舎から敢然と立ち上がったフランスの救世主、ジャンヌ・ダルクと共に戦った忠実で勇敢な軍人でもあり、ジャンヌのランスでの成聖式では、その忠誠と武勇により、フランス王国元帥の称号も与えられている。そしてまた、当時の貴族の殆どが野蛮で低劣な知能の〝獣人〟であった中、彼は膨大な蔵書に埋もれ、博識なラテン語学者であり、洗練された趣味を持ち、音楽を愛し、その容姿はギリシャ彫刻を髣髴《ほうふつ》とさせる立派な肉体と美しい顔と、そして稀にみる典雅を備えていたという——中ほどまで読み進むと、僕はこの男爵に夢中になっている自分に気付いた。百合のことでもなく、鷹原氏への義理でもなく、夢中で行を追っていた。

ホイジンガが『中世の秋』と名付けた十五世紀……一握りの特権階級と大多数の貧しい民……本といえばまだ活字もなく手写本のみの暗い時代……貴族たちは無知で好色で粗暴だった。その中でこのように洗練され、優美な物腰と美しい容貌を持った男に、僕もいつしか魅せられていた。

しかし……ジャンヌがイギリス軍に捕らえられ火刑となってこの世を去り、ジルの祖父も亡くなって有り余る財産がなおのこと膨れ上がると共に、話は段々と怪しげな影に覆われていく。

——二十八歳という若さで城に隠遁したジルは、膨大な財産を湯水の如く使い始める。三十人ほどの騎士の一部隊、二百人の武装兵、そのそれぞれに制服、馬、武器、部屋と使用人を与え、大聖堂にも匹敵する数の聖職者を侍《はべ》らせ、白貂《しろてん》の毛皮で裏打ちされた穴熊の毛の肩衣や真紅のローブで装わせた。また美声と美貌を併せ持つ少年を国中から捜し出し、聖歌隊を作り、教会を建て、黄金と宝石とステンド・グラスで飾り立てる。その熱病のように高まる濫費《らんぴ》は際限というものを知らず、ついにさしもの財産も傾き始めると錬金術に走り、悪魔礼拝に走り、ついには幼児を攫わせては殺していったという。その数は識者によって違うが、少なくとも百人以上……残された裁判記録《う》では八百人、もしくはそれ以上となっている。ジルの領地から少年の姿が消え失せ、漸《よう》くローマ法王庁の力を借りてジルが逮捕されたのは幼児虐殺が始まってから八年も後のことだった……

見事なペテンにかかったような……美しい天使が突然悪魔に変身したような……結末だった。人の本でなければ放り投げていた事だろう。だが……悪魔ルシファーも元は天使だった……天界を追われた堕天使……雨が激しく窓を叩きスレートの屋根を打つ。僕は突然この見慣れない部屋にたった独りでいることに気付き、いわれのない恐怖感に襲われた。いや……理由は歴然としている……ルシファーという言葉から再び鷹原氏の顔が蘇ったのだ。それにこの残虐な男の生い立ちに何と彼は似ていることか……早くに両親を亡くし、妹と共に祖母に育てられ……城にも似た大きな館に暮らし……有り余る富……以前、両親と共に熱海の駅まで送って貰った際、蔦屋敷の壮麗さを伝えた母に福さんは得意になって答えていた。〝以前はあの山全部が鷹原家のものでした。それにあの屋敷は元々別荘で……東京には広大な地所に築山や池、滝まである立派なお屋敷がございましたよ〟……そう……彼は今でこそ、鷹原翔《しょう》という一介の市民に過ぎないが、たかだか四十年ほど前までは子爵という貴族の出でもある……優雅な物腰……震え上がらせるほどの知性……祖父と祖母との違い……妹と弟の違いこそあれ、なんと彼はこの男と似ていることだろう。

ジルが幼児を殺したように、彼も洋ちゃんを……再び沸き起こった疑念を僕は努めて押さえつけた。現に鷹原氏だって、由里香という幼い子供の親ではないか。その人が由里香と同じ歳頃の子供を……いや、鬼子母神は多くの子供を持ちながら、子供を攫っては食べていたという。自分の子供を隠されてから初めて親の嘆きを、心の傷みを知ったという……他者の傷みというのは自分が傷みを受けて始めて感じるものかもしれない……それに……まだ読んではいなかったが、前に買った氏の本……『ソドムの恋』と一緒に買ったのは『錬金術』という本ではなかったか？……それにあの……暖炉に吊られた人形……は……悪魔礼拝の儀式だったのではないか？……あの祭壇のような緑の暖炉……そして二本の燭台に挟まれた大きな鏡……鏡は昔から神秘のものとされている。『鏡の国のアリス』は暖炉の上の鏡を抜けてさかしまの国へと入り、コクトーの『オルフェ』では鏡を抜けて黄泉《よみ》の国へと行った。あの人形も鏡の真裏にあった……糸杉に……喪の象徴といわれる糸杉に胸を突かれて……文庫の奥付けを見ると、発行は昨年の夏だった。と、すれば……単行本で出たのは早くても昨年始めか、もしくは一昨年以前のはず……そんなに前に取り上げたテーマを何故また〝本腰を入れて〟取り組む気になったのか……洋ちゃんのことが引き金となり……いや、書くことによって発散させていた欲望を押さえきれなくなり実行し……ジルのように悔恨に暮れ……そして今度は書くことによって自己分析をしようとしているのかもしれない……褪《あ》せたサーモンピンクの漆喰の壁に現れた染みや傷までが魔物や不気味な顔に見えてきて、僕は激しく首を振る。みんな馬鹿気た妄想だ……この古い屋敷がもたらした悪夢に過ぎない……だが……せめて……この部屋を揺るがす雨の音ではなく……人の匂いのする音楽が欲しかった。この恐怖を……この妄想を……この雨音を……豪快に吹き飛ばしてしまうようなビートの効いたジャズ……いや、人工的な音なら何でもいい……大昔に買ったトランジスターラジオを想い……ついで、ほんの数キロ離れただけの元子さんの店を想う……今頃……あの狭い店内には軽快なディキシーランド・ジャズが流れ……ホテルのバンドマンたちが陽気に騒いでいるのではないか?……僕は布団に頭から潜り込み、目茶苦茶に歌をがなりたてた……

八

それから数日……僕は頭を切り換え、小部屋の中で左官仕事に専念した。

水と砂と消石灰を混ぜ、漆喰《しっくい》を作り鏝《こて》で塗る。壁はともかくとして、ドーム状の天井を塗るのは難しく、鏝に加える力が弱ければ漆喰が落ちてしまうし、強すぎると表面に消石灰の粉だけが浮いてしまう。絶望と歓喜の間を往復しながら、何とか終えた時……それは予定を上回って六日目の朝だったが、僕は疲労よりも喜びに満ちて、部屋を見回した。

新しいキャンバスのように初々しい、白い肌が僕を包み、呼んでいる。しっかりと落ち着いた白壁に……塗り終えたばかりのまだ水を含んで光る白壁に……僕は茨姫《いばら》を……深い森を……ラプンツェルを想い描く。下絵はもう出来ている。もうすぐにでも描けるのだ。その欲望に抗しきれず、倉庫と名付けた部屋へ行き、シノピア……下絵素描用の顔料を溶き出した。

ヴェネチアン・レッドの粉末を小皿にあけ、水で丁寧に溶いてゆく。水で誤魔化した顔料を壁に染み込ませるのだから、粒子を残してはいけない。何か月振りに手にする色はいとおしく美しかった。インディアン・レッドはどうしているだろう？　スポッティは？　牡丹《ぼたん》は？　菊は？　まだ一週間なのに犬や猫に会いたくなった。夏休みに入った家の庭は子供の遊び場と化していることだろう。父はようやく自分の仕事だけに専念し、秋の美術展に向けて大作に取り組んでいるはずだが……二日前に洗濯や掃除に来てくれた母には、たいした話もせずに帰してしまった。人に会いたいという気は起こらなかったが、犬たちには会いたかった。

塔に戻ると窓から爽やかな風と光りが入っている。徹夜明けの目に外光は眩しく、体はベッドを希求していたが、心は壁に飛んでいた。足場をずらしながら、まず、天井に円を描く。ついで円周を均等に分けて花の形にした。この中は輝く星空……そして縁取りは針葉樹の森だ。足場を下りると、長櫃《ながびつ》を移動し、後ろの壁に塔と、窓辺のラプンツェルを描く。金髪の長い髪は床まで伸び、その顔は王子への愛に輝いている。そして深い森が壁を伝い北と東の窓の間に王子を描く。東と南の壁の間は森から茨へと変容させ……南の窓と戸口の間は茨姫だ……王子を描き終えた時〝淳《じゅん》ちゃん〟と、声がした。

山野さんだった。

「水臭いなぁ……」――大きな声でいいながら入って来ると、部屋の中央に進み、足場に手をかけ、壁を見回した。「乗ってるみたいだね……邪魔しちゃったかな」

「いいや」と言って筆を下ろす。興をそがれたことは確かだった。

「昨日、豊さんに街で会ってね。一週間も前からここに来てるっていうじゃないか。電話くらいしてくれても……」

「済みません。今日、下絵を済ませたら電話するつもりでした」――中塗りを終えるまでは必死で……それを終えた途端、漸《ようや》く絵が描けるという喜びに……実際には山野さんのことは忘れていた。それでも山野さんは僕の誤魔化しを真に受け、顔を綻《ほころ》ばせた。

「何にしろ、やる気になったのはいいよ……羨ましいよ……俺なんか……いや、せっかくの気分に水を差しちゃうな……こっちは？　描かなくてもいいの？」

茨姫の所だった。「そこは今朝、塗り上げたばかりで、まだ落ち着いてないから……」

――そう……心に任せて徒《いたずら》に急いでも仕方がない。後は丁寧に……心を込めて描くだけだ。疎ましく感じた山野さんの出現が、今では有難く、僕は笑顔を向けて部屋を出た。とにかく最初の難関は突破したのだ。


部屋に山野さんを待たせ、軽くシャワーを浴びて戻って来ると、山野さんはあの文庫本を手にしていた。

「鷹原《たかはら》氏も変なものに興味を持つね。ま、今の殺伐とした世には合っているのかもしれないが……君んとこに通っていた子もまだ見つからないままだろう？」

軽くうなずいて受け流し、「元子さんはお元気ですか？」と聞いてみた。

「うん……俺がこんなだからね……何となく彼女も落ち着かないというのか……前より

……暗くなったな……」

「下で珈琲《コーヒー》でも飲みましょう」——二人でいるとまた滅入りそうだったし、実際、舌の焼けるような熱い珈琲《コーヒー》が飲みたかった。


中庭からの柔らかな光りを受けて、食堂は金色に輝いていた。ちょうど朝食を終えたところだったようで、珍しく三人揃って珈琲《コーヒー》を飲んでいた。クラコ神父も居る。

「徹夜明けですね」と鷹原氏が僕のしょぼしょぼした目を見て言う。「皆、貴方《あなた》の仕事振りに呆れていますよ。豊さんなど何か取り憑《つ》いているんじゃないかと真面目に話していましたよ」

「済みません」

「昔からですよ」と、山野さん。「太郎もそうだけど……一旦始めると、のめり込む性《たち》でね」

「いえ、もう……一段落しましたので。明日から絵に入るので、ゆっくりやります」

「じゃ、もう由里香が見に行っても良いのね」——大人と同じような濃い色の珈琲《コーヒー》を前にして由里香が瞳を輝かせた。豊さんが僕等の前にも置いてくれる。

僕は三日前、由里香を無愛想に追い払ったことを思い出しながら、今度は精一杯……愛想を良くしてうなずいた。「それで……」と、百合に目を向けたが、すぐに視線を鷹原氏に背けてしまい「明日から百合さんにモデルをお願い出来ればと思いまして……」と言う。「勝手ですが。上塗りが落ち着く間……出来れば午前中、一時間か二時間ほど……」

「寝坊ですから……余り早い時間でなければ結構よ」と、爽やかに百合の声が返って来て、ようやく顔を向けられる。ほっとした。

「モデルへの御注文はございますかな？」と、鷹原氏。

「宜《よろ》しければ……初めて」と、僕は鷹原氏を前に、わざと〝初めて〟に力を入れて言う。「……お会いした日の……白のドレスを着て戴《いただ》きたいのです。そのまま茨姫になるような……」

「古い物ですわ。母の服でした」

「胸元と袖口にレースのあるのですか？」と、クラコ神父。「あれは私も好きですよ。上質の絹だから却《かえ》って時を経て何ともいえない柔らかな光沢を放っている。良くお似合いだし……いや、百合さんは何を召されても素敵だが……私のような年寄りでも見惚《みと》れてしまいますよ」

この部屋と同じ……淡い黄金の微笑が誰の顔にも溢れていた。豊さんが山野さんの分まで朝食を運んでくれる。

翌日から僕は、目覚めるとその日の分の壁を塗り、落ち着くまでの六、七時間を百合との時間と顔料の調合に当てた。十時から昼までと決めた百合との時間はまさに〝黄金の時〟……至福の時間だった。彼女はあの薄紫のカーテンの前で僕に囁《ささや》きかけた時から鎧《よろい》を捨て、僕を酔わせる笑みを浮かべ、ある時は難解な哲学論で僕を戸惑わせ、ある時は由里香よりも幼い質問をして僕を微笑ませた。

僕はただそうした百合を描き続けた。茨姫に合わせたポーズも瞼を閉じた顔もあえて要求しなかった。完璧な絵を描いても、それを壁に写せば、それは〝写す〟ことによって輝きを失ってしまう。——良い画家は二つの重要事を描くべきである。即ち人間とその魂の意向である。初めのものは易しく、次は難しい——ダ・ヴィンチの言葉だ。……笑っている百合……憂い顔の百合……微笑む百合……暗い百合……物憂く口を閉ざす百合……あらゆる百合を描くことで僕は彼女を自分の中に取り込みたかった。或る日は捉えたと確信し……或る日は絶望に打ちのめされた……

朝塗ったその日の分の壁は二時頃になると落ち着いて来る。それから完全に乾き上がる夜中までが勝負だった。

生乾きの壁は水を希求しながら、水を蒸発させ、元々の石灰岩から焼かれたり水を混ぜられたりして変容させられた己をまた固い石灰岩に戻そうとする。その化学変化の進行している半日の間に水で溶いた顔料を吸わせ、作業を終えなければならない。激しく水を希求していた壁は、数時間後、石灰岩に戻ると同時にぴったりと水を……顔料を撥ねつけ、いかなる補筆も修正も効かなくなるからだ。

壁を塗った以上……その面積はその日の内にとにかく完成させなければならない。気の向いた時に筆を取れる……幾らでも修正可能な油絵と違い、それはくよくよと思い悩む時を僕に与えず、快い緊張と上手く描き上げた後の充足感を僕にもたらし……日毎《ごと》に僕はフレスコ画の魅力に捉えられていった。そしてまた、全くの白紙の壁と完成された画面が隣接したまま、各々の面積を日毎に変えてゆくことに新鮮な驚きをおぼえるのは僕だけではなかった。

ふらりと入って来る訪問者に、初めの頃、苛立っていた僕も、クラコ神父の〝システィナ礼拝堂では……ミケランジェロが天井を描いている間にもミサが行われたそうですね〟と言う言葉に落ち着きを取り戻した。決して僕をミケランジェロという偉大な画家に比した訳ではない。だが、のんびりと穏やかな笑顔で語るクラコ神父に、神経を逆立てていた自分が恥ずかしくなっただけだ。実際、この屋敷では誰もがゆったりと……穏やかに過ごしていた。使用人の豊さん、福《フー》さん、美樹《みき》さんも人の居る部屋は掃除をするが、空き部屋には足も踏み入れず、やることはしっかりやるが、後は気儘に過ごすという態度で、人生を楽しんでいた。〝福さんの部屋〟に置かれた高級な酒は鷹原氏が栓を開ける前になくなり、贈り物の極上のチーズは食卓に出る時には半分の大きさになっていた。だが僕のように神経を逆立てる者はこの家には……この家を訪れる者にも皆無で……そのためいつもこの屋敷の内は黄昏時《たそがれどき》のような柔らかな微笑と物腰に溢れていた。

それでも鷹原氏に二人だけで会う時……それは大方……僕が仕事を終え……寝静まった一階の廊下を通り抜け……〝福さんの部屋〟で酒瓶を取り出す時だったが……この家を流れる緩やかな温かい空気は一変した。

パッション……即ち受難と情熱という両義を併せ持つ、この言葉ほど……彼を包む不思議な印象を一言で言い表している言葉はなかった。この非常に理知的で物静かな男の、繊細な瞳は……日によってめらめらと炎を上げ、そして苦悶し、そしてこの上なく静謐《せいひつ》だった。そのパッションが何に向けられたものなのか、或いは何から来たものなのか、僕には伺い知ることも出来なかったが、それは僕を引きつけ、同時に恐れさせた。この魅惑と恐怖……それは百合に対する僕の感情でもあった。激しく引かれながらも近付こうとする足を鈍らせるのは……得体の知れない恐怖だった。

百合は言う。〝兄は無神論者を気取っておりますが、神の存在を否定しきれずにおります。それが兄の苦悩の元ですわ〟と……。

〝福さんの部屋〟の……ガレの蜥蜴《とかげ》と花に彩られた電気スタンドの前で、鷹原氏が好んで取り上げる話題はジル・ド・レーのことだった。

ある時はバルトークのオペラ『青髯《あおひげ》』のＣＤをわざとかけたまま……そしてまた……ある時はギュスターヴ・ドレの『青髯』の銅版画を用いたフランスの切手を見せびらかし……その執着のほどはいささか常軌を逸しているようにみえた。もっとも、僕が壁画に取り組んでいる間、彼はその男のことを書き続けているのだから当然かとも思えたが、ジルの話となると普段は物静かな彼の言葉もだんだんと高くなり、ついには熱に浮かされた病人の如く僕の存在も忘れ果て、語り続けるのが常だった。そうしてそのような高揚した精神に彼自身が気付き、はたと口を噤《つぐ》む……それはコルトレーンのレコードから突然、針を持ち上げたように不自然な静寂を僕等の間にもたらしたが、〝失礼……〟と恥じらいを垣間見せる鷹原氏の表情は、逆に僕の心を和ませ、僕は簡単に〝いいえ〟と、だけ言う。

普段、賢者の如く聡明で、仙人の如く淡々とした彼の……この我を失した瞬間……それがたとえ大量の幼児虐殺を行った男のおぞましい話とはいえ……思わず漏れる彼の本当の声に僕は限りない興味をおぼえた……何時《いつ》の夜にか、彼はこの忘我の境地で洋ちゃんのことを話し出すのではないか……そんな浅ましい好奇心に駆られて、僕は夜毎〝福さんの部屋〟へ足を運んだ。

そしてまた、描き続ける僕のもとに足を運ぶ人々……中川医師はいつも大袈裟に褒め讃えては決まって、僕の顔色が悪いと言って引き上げ、クラコ神父は子供のように無邪気な好奇心を露にした。

最初の頃、クラコ神父の声を聞く度に、家に時たま来る〝〜の塔〟とか〝〜の証人〟等と称する人達が言うようなことを聞かされるのではないかとひやひやしたものだ。直《じき》にそれは全くの危惧だったと知れた。神父らしからぬ服装同様、彼の話すことも宗教とは無関係なことばかりで、来る度に壁画の進行に感嘆の声を上げ、ついで熱心な弟子のように僕を質問責めにした。〝漆喰は消石灰と水とどれぐらいの割合で混ぜれば良いのか〟〝その色は何と言うのか〟〝その筆はフレスコ用の特別の物なのか〟〝描き上げた壁の堅牢度は？〟——質問はいつもおずおずと内気な、しかしお座なりの質問とは違う……真摯《しんし》な思いを込めた率直さで語られ、好感が持てた。そして数分後、或《あ》るいは数十分後、足音を忍ばせて部屋を去る……母の動作と似たその慎ましさは僕の気を和らげ……制作への熱意を増しこそすれ、減らすことはなかった。そして母はといえば……三日と上げずに東京から通い、ついに僕が〝そんなに来なくても……〟と口に出しても〝幸子さんが来てくれるから大丈夫〟と笑って受けつけず、僕の部屋を磨き上げ、汚れ物を洗濯し、ついで他の部屋まで掃除して豊さんを恐縮させた。そして来る度に鷹原氏とも百合とも由里香とも、福さんたちとも打ち解け、鷹原氏の勧めで泊まっていくことも少なくなかった。この目を見張るような積極性は今までの母の像を打ち砕いたが、屋敷の蜘蛛の住処は母の精力的な働きで徐々に減らされ、ビロードのように厚く積もった埃は一部屋毎に消え、僕の当初の仕事振りは母譲りだと豊さんが嘆息混じりに告げていった。

しかし、一番頻繁に訪れたのは由里香だった。

この部屋は元々由里香のための部屋だ。弾むような足音は姿を見るまでもなく、この妖精の出現を予告し、僕の心を休める。僕の顔つきなどお構いなしに、この小悪魔は部屋に入るなり勝手なお喋りを繰り広げたが、おしゃまなその言葉使いも、そのたわいのない話も、僕の筆の動きを鈍らせることはなく、却って心にかかる影を晴らしてくれた。ただ一つ、彼女に関わる難点といえば……福さんだった。或る時は公然と由里香と共に部屋に入り、或る時はドアの鍵穴から覗いて……その気配を感じる度に僕は不快な思いをした。まるで僕が幼い由里香に邪《よこしま》な欲望でも抱いているかの如く、そのあからさまな監視は僕を苛立たせ、折角の由里香の来訪にも一抹の影を落とした。そして当の福さんといえば……ときおり豊さんや美樹さんに代わって茶や食事を届けてくれる時の……一人っきりの福さんはひどく控え目で……まるでおおっぴらな監視の許しを請う如くおどおどとして常に逃げ腰だった。それでも僕がラプンツェルを描き上げ、王子に入った頃、彼は珍しく足を止めて壁画に見入った。そして明らかにお世辞と取れる言葉を二言、三言つぶやいた後、突然父のことを僕に尋ねた。

「お父様は若い頃、上海《シャンハイ》におられませんでしたか？」

「さぁ……」と僕は描きながら答えた。ちょうど王子の顔を描いていた時で、素っ気なく聞こえたかもしれぬと思い、筆を放すと共に言葉を繋げる。「頭の禿げた後の父しか僕は知らないもので……」

「そうですか……お邪魔を致しました……」そのまま福さんは肩を落として出て行った。

そうして漆黒の、組み紐で飾られた上着と鮮やかな紫とオレンジ色のタイツの王子を描き上げたのは梅雨も明けて久しい……真夏の八月だった。

楕円形の小さな窓からは外の夏の音が容赦なく入り、輝く銀の花を散らしたように、木々は陽にまぶしく、さざ波となってゆれていた。裏の杉木立からの喧《やかま》しい蝉《せみ》の声は時々僕をあの幼い頃の夏へ引き戻したが、それも束の間の幻で、王子から続く森から茨へのメタモルフォーゼを描く僕は、筆を下ろした時の、色が吸い込まれていく瞬間に……時と共に変容する壁の生あるもののような神秘な息遣いにすっかり魅せられ、この新たな仕事に熱中していた。

今や壁の半分は仕上がっていた。深い深い緑の中の王子と輝く金髪の乙女……深く壁に染み込んだ色は油彩のようなてらてらとした反射もなく、深い味わいを備えた色そのものの美しさで壁を彩っている。夏の激しい光りも……音も……この部屋には入り込むことはできない……フレスコ画に対する僕の気持ちは単なる〝仕事〟から〝愛〟に変わっていた。

「お邪魔致します」と、鷹原氏が入って来たのは茨の茂みが南側の窓に達した日だった。

猛暑と呼ぶ以外ないような日で、三方の窓と開け放したドアにもかかわらず、風はそよとも入らず、筆と手の間がすぐに汗で濡れ、支点として壁に当てた小指の先からさえ汗が壁に染み入りそうだった。振り返って、こんな日でも平然とした顔の氏と……そしてその後に続いて父の姿を認めた時……僕は喜びよりも採点を待つ生徒になる……

父は言った。「凄いじゃないか」と……それきり父は黙って壁に見入っていたが、その一言で充分だった。そんな言葉を父から聞くのは初めてだったからだ。

「この王子は傑作ですね」と鷹原氏。「双頭の鷲《わし》ならず、王子という訳ですね」

一つの胴体に左右に向けた二つの顔……奇想を勝手に定着してしまったことを弁解するための説明をする。言葉はいつも僕を戸惑わせる……「あくまでもラプンツェルと茨姫が主役ですから……その……広い壁ならともかくとして……二人も似たような恰好の王子を描くのは……煩いと思って……」

「いや、とても……気に入ったので申し上げたのですよ。実に良い……するとこの右側に茨姫が来る訳ですか」

「ええ……この壁面は森から茨で埋め、この窓と戸口の間が茨姫です」

「最後の最後という訳ですね。……仕上がればこの部屋は森と茨に埋もれた緑の部屋となりますね」

「フィレンツェの聖マリア・ノヴェラの聖堂には〝緑の回廊〟とか名付けられたものがあるそうですよ」と父。「そこにあるフレスコ画が緑一色で描かれているためだそうですが……今は殆《ほとん》ど壊滅して……ウッチェロの『ノアの洪水』等は残っているらしいが……いや、息子がフレスコに取り組んでからの……俄仕込《にわかじこ》みですが……」

「緑は一番好きな色ですよ。ここは今後〝緑の部屋〟と呼びましょう。宜しいですか？有難う……しかしフレスコがこれほどに細密に描かれるものとは知りませんでした」

「高い天井とか……」と、僕はまた弁明に回る。「離れていれば別ですが……左甚五郎《ひだりじんごろう》の竜のようなもので……ただこの部屋の場合は……僕のやり方もありますが……目との距離は殆どないので……」

「いえいえ、感心して……いるのですよ。どうも私が話すと何でも攻撃的に聞こえてしまうようですね」

鷹原氏は短く笑うと、〝ごゆっくり……豊さんに冷たいものでも運ばせます〟と、出て行った。

鷹原氏の姿が消えると、父はにっと笑って「やったなぁ！」と、思いきり肩を叩く。誰に褒められるより嬉しかった。照れて……何と答えたらよいのか判らず、僕は福さんの以前言っていたことを思い出し、父に告げた。

「上海？」──父の顔が瞬間、空《くう》を見つめ、「では……やっぱり……」とつぶやく。

「何が……何がやっぱりなんですか？」

「いや……」──父の茫然とした顔は否定したにもかかわらず、只事《ただごと》ではなかった。

「失礼致します」──豊さんがやはり汗で光った顔を覗かせ、アイス・ティーとメロンの皿を足場の下段に置いてくれる。

「福さんはおられますか？」父は豊さんに尋ねた。

「つい今し方、街へ下りましたが……何やら友人と約束していたのを忘れていたとかで……何か？」

「いえ、結構です。別にどういうことも……」

父は大袈裟に両手を振り、笑いで誤魔化した。豊さんも笑い、〝ほんとに迂闊者で……美樹さんがおかしいのにあの人まで惚けられたらお手上げですよ〟と、言った。

「美樹さん……どうかしたのですか？」

つい、うっかり尋ねると、豊さんは「それがねぇ……」と、座り込んでしまった。長話の前兆だ。しまったと思ったがもう後の祭りだった。

「この間中は真夜中にメアリー夫人の部屋に灯が動いていたとか騒いでおりましてね……それで大方メアリー夫人の幽霊だと、からかっていたら、つい四、五日前には本当に幽霊も見たって……二階からの階段を下りて来るのを見たなどと……もう大変な騒ぎで……蒸し暑くて眠れないなどと言っては夜中に旦那様が引き上げるのを見計らってチャイニーズ・ルームに通って飲んでましたからね、飲みすぎなんですよ。若い娘のくせに……」

僕は受け流すつもりで、黙っていたが、父は、「そういえば……」と、体の向きまで豊さんの方へ変えてしまう。

「私が下の家をお借りしていた頃……青い目の御婦人を時々お見受けしましたが……あの方がメアリー夫人ですか？」

「ええ……夏でも詰襟の長袖を着て……風の便りに五、六年前に亡くなったと聞きました。故人に何ですけど……嫌な女《ひと》でしたよ」

「どうしてこちらに？」と、父は愛想がいい。

「家庭教師だったのですよ。旦那様と百合さんの……大奥様が学校を嫌いましてね、百合さんは中学、旦那様は高校までまでもう行く必要はないとおっしゃって……あの女《ひと》は百合さんが小学生の頃からここへ来たのです。それは神経質な口煩い女《ひと》で、私どもの仕事にまで口出しして……あの女《ひと》がここを支配しておりました。今とは大違いの、それはもう窮屈な毎日でしたよ。熱心なクリスチャンで、旦那様と百合さんまで教会に連れて行き、頭はかちかち……旦那様は……まだ高校生でしたが、昔から辛辣なことをおっしゃって、ビクトリア朝から抜け出したような女《ひと》だと……〝ビクトリアン・レイディ〟などと陰で呼んでおりました。出て行ってくれてほっとしましたよ。……それがね、突然〝この家は悪魔の巣だ〟なんて突拍子もないことを言い出して……〝こんな汚れた家には一刻も居たくない〟などと荷物を纏《まと》めて……私も主人も散々扱《こ》き使われて彼女を駅まで送り……帰って来ると……大奥様が亡くなられていましたでしょう。もう大変な一日でしたよ」

主観で語られる話は時も何も無視してよく摑めなかったが、〝大奥様が亡くなられて〟と聞いて、僕は〝あの日〟のことだと悟った。

あの日……百合とこの屋敷を彷徨《さまよ》った日……僕まで筆を擱《お》いて豊さんの方を見たので、

彼女は大満悦でお喋りを続けた。

「大奥様は心臓がお弱くて……お部屋も常にカーテンを閉ざし、安静に保つよう中川先生から御注意いただいていたのですが……私はね、夫とも話したのですが、絶対にあの女《ひと》が大奥様を……と思っておりますよ。きっととんでもないことを言って大奥様の心臓を止めてしまったに違いありません。でなければ、あんなに急に出て行くはずがありませんものね。それまで思う存分この家を牛耳っていたのですから。何が悪魔なものですか。あの女《ひと》こそ悪魔ですよ」――よほどその女《ひと》を嫌っていたのか……まるで昨日のことのように憤慨して話していた豊さんは、過激な言葉を吐くと、やっと我に返ったのか……照れた笑みを浮かべて腰を上げ、「まぁ、済みませんね。お仕事の邪魔をしてしまって……」と、漸く出て行ってくれた。

饒舌の後の静けさに、蟬の声が蘇る。気の抜けたように豊さんのいた場所を見続ける父に、僕は改めて「福さんと知り合いだったのですか？」と聞いた。

「知り合い……と……いう訳でも……」父はつぶやき、相変わらず空《うつ》けたような表情をしていたが、僕が「でも……」と、思わず問い詰めるような口調で言ってしまうと体の向きを変え、ぼんやりとしたままの目を投げた。

父のこのような顔は初めてだった。僕が目を伏せた時、「母さんには内緒だよ」と、父は言った。

「福さんは……私の恩人だよ。……昔……まだ美大の学生だった頃だが……私はお前のように真面目じゃなく……遊び狂って……と……いうより……当時……タップダンスというものが日本に入って来たばかりでね……ジョージ・堀という人が最初だったが……その人の弟子がいて……つまり私は学業も忘れてその弟子の弟子となった訳だ。とうとう芸名まで貰って……ある女《ひと》と恋に落ち……上海にまで行ってしまった。……その頃日本は中国に進出して……無理やりに満州国なるものをでっち上げた時でね……私はその女《ひと》も含めた数人と、いっぱしの芸人気取りで前線慰問などをやっていたんだよ。それが……ある日……その女《ひと》との待ち合わせの場所へ急ぐ時……暴漢に襲われて……こんな足になってしまったが……その時、助けに入って……病院まで私を運び、名前も告げずに行ってしまったのが……福さんとよく似た人だった……」

僕はびっくりして暫《しばら》くは口も利けなかった。ようやくのことで「それで？　その女《ひと》って？」と聞く。

「たいそうな人と結婚したよ。病院で……その噂を聞いたが……何しろ……もう……タップが出来る足でもなかったし……重荷になるだけだった……日本に帰ればただの学生に逆戻りで……いや……学校の席が残っているかどうかも判らなかった……私の出る幕じゃなかったよ……そのまま一人で帰って来てしまった……」

「その女《ひと》って絹代さんでしょう？」

父は僕の問いに答えなかった。ただ、「福さんは私の恩人だよ」と繰り返した。僕が黙っていると、父は腰を上げた。

「ほれ、壁が乾いてしまうぞ。……つまらない話をしてしまったが……母さんには……福さんにも……言わないで欲しい。……帰るよ。息子がこんな凄い仕事をしているのを見たら、親父としてより、同業者として俄然意欲が沸いて来た。飛んで帰って……私も絵を描くよ」

父が立ち上がり、戸口に向かっても、僕は口が利けなかった。

「今ではね……」と、父は戸口で振り返って言った。「あの夜の暴漢にも感謝しているくらいだ。この足のお陰でその後の戦争でも前線にはやられなかったし……母さんや、お前や、太郎という家族もできた……そうそう……母さんが洗濯物は溜めておくようにと言っていたよ。また二、三日したら行くからと……」

「そんなに来なくても大丈夫ですよ。幸子さん、幸子さんって……彼女だってせっかくの夏休みなんだし……」

父は足を止めた。「幸子さんだがね……どうやら太郎に惚れてるようで……家に通うのもそのせいらしいんだ。百合さんのことを話すのも酷な気がするし……困ったよ」

またまた驚くことを言い、父は苦笑いを最後に出て行った。幸子さんが兄を？……いや、兄ならどんな女性だって惚れて不思議はない……だが、父が気付くくらいだから母だって当然、気が付いているだろう。なのに彼女に用を頼むのは、それこそ酷ではないか？　兄ははっきりと百合に〝愛しています〟と告げたのだ。僕は父を送るのも忘れて、その場にぺたんと座っていた。余りに意外な話ばかりで頭はぼうっとしていたが……握ったままの筆に気付いてまた壁に向かう。壁は生きており……僕の気が休まるのを待っていてはくれなかったからだ。

その日、福さんはとうとう屋敷に帰らず、夜更けてチャイニーズ・ルーム……〝福さんの部屋〟で鷹原氏に会うと、僕は彼の祖父、鷹原子爵に話題を向けた。父の恋人を……多分……権力と卑劣な手段で奪った男のことを知りたかったからだ。

「祖父ですか？　何故また……」――氏は物珍しいものでも見るような目で僕を見つめたが、それ以上、問おうとはしなかった。

「祖父は……私が三歳の時に亡くなっており……ぼんやりとした記憶しかありません。猛禽類の鳥のような顔をして……ただ祖母の話によれば……度重なる血族結婚の申し子とでもいうのか……腺病質《せんびょうしつ》な幻視者だったそうです。草食獣のような優しさと肉食獣のような残虐性を持ち合わせ、常に彼方《かなた》を視《み》ていたといいますよ。豊さんや福さんは私を祖父そっくりだと申しますが、それも怪しいものです」

「と、おっしゃいますと？」

「私が本当に鷹原の血を引く者かどうかということですよ」彼は面白そうに言った。

「父は十八で結婚をし、私と百合を残して飛行機事故で母共々逝きましたが、その父は祖母が祖父と結婚した半年後の子供だそうで……」

「でも……そんなことは……」

「まともな結婚なら親類も黙っていたでしょう。だが祖母は元々浅草の芸人でね、おまけに祖父との結婚前には恋人もいたそうで……祖母が父の結婚を急かしたのも鷹原家の財産をしっかりと摑むためだと……祖父の逝った後は怖い者もいなくなり……親類との間で大変な遣《や》り取りがあったそうです。もっともそのお蔭で私共は親類等という煩わしいものからも解放されましたがね。祖母は東京の家を明け渡し、この別荘だけはしっかりと守りました。それも大分少なくなったが……親類の噂が確かだとすれば……私は鷹原でも何でもなく、何処《どこ》の馬の骨とも知れない男の末裔ですよ。実に面白い話ではありませんか」

僕の余りに驚いた顔に、彼は満足したようだった。「私の部屋は元々祖父の部屋でした。肖像が残っています。ご覧にいれましょう」

父の話をしたならば、驚くのは彼の方だ。……黙って彼の後に従いながら、僕は忙しく考える。もし……もしも……鷹原家の親族の噂が真実だとすれば……彼の父は僕の父の息子ということで……彼は……百合は……僕の甥と……姪になってしまう！　馬鹿な……彼の驚く顔等どうでもよかった。口が裂けても父の話はすまい……僕が心を決めた時、彼は自室のドアを開け、「祖父です」と、壁を示した。

入ってすぐの左側の壁にその絵はあった。気質については判らなかったが、鷹のような顔と酷薄そうな目は氏とも百合とも似ていなかった。

「立派な方ですね」とだけ言って目を逸《そ》らす。――初めて見る鷹原氏の部屋だった。全てが色褪《あ》せた……重々しい調度に囲まれた……落ち着いてはいるが気の滅入りそうな暗い部屋……本を積み上げた黒檀の大きな机の横にジャンヌ・ダルクの像があった。

「ジャンヌ・ダルク……」──あの遠い夏……廊下にあった……百合に無知を笑われた像だ。

「何故……御存じです?」

「以前、拝見しました」思わず答えて……僕は続く言葉を呑んだ。百合に口止めされていたはずだ。

「これをですか?　どこで?」……彼の声は鋭かった。

「いえ……思い違いのようです」

「だが、ジャンヌ・ダルクと口にされましたね。銘もないのに」──うろたえて言葉を捜す僕に、氏は畳み掛けるように続けた。「これと同じ物を見たなどとはおっしゃらないで下さい」

僕は観念して……それでも……嘘を交えて言った。「すみません。昔……まだ子供の頃です……父が下の家をお借りしていた頃……兄の後を追って……無断でこちらに入ってしまいました。その時、この外の廊下で拝見したのです」

長い沈黙が流れ……僕は堪らない……火炎のような眼差しを受けて立ち竦《すく》んでいた。

「これが外の廊下にあったのは……」と、ようやく口を切った彼の口調は恐ろしく冷たかった。「一日だけです。特別な日で……それもほんの僅《わず》かな時……しかも銘のあった台座は三階の部屋で半ば壊れていた。私が銘を読み取り、妹に教え……二人で像を外して運び出したのです。妹に会っていたのですね。太郎さんとも？」

「いえ……」泣きたいような気持ちで僕は白状する。「百合さんだけです。お家を案内していただいて……」

「そうですか……」穏やかさを取り戻した彼の声が聞こえた。「失礼致しました。つい……忘れて下さい。子供の頃のちょっとした冒険をとやかく言うつもりなどありません」

――逃げるように引き上げ、顔を紅潮させたまま僕は三階に帰る。取り返しのつかぬことをしたような気がした。

ベッドに入っても己の軽口が悔やまれ、どうにも寝つかれない。明日……百合に何と言おう？　だが……何故百合は僕と居たことを彼に隠そうとするのだろう？　二人の密約などと単純に喜んでいたが、あの日……メアリー夫人が突然家を出……百合の祖母も亡くなったあの日……僕の知らない……大変な秘密があの日にあるのだ。僕は布団の中で寝返りを繰り返しながら想い続けた。鷹原氏は〝太郎さんとも？〟と言っていた。と……すれば……あの日、兄はこの家に来ながら彼と一緒ではなかったことになる……そうして百合は……僕と一緒に居たことを氏に隠そうとした……兄と百合……二人のために僕の存在は隠されたのだろうか？　だが……何故？

散々迷ったあげく、翌朝……百合と二人になると、僕は画材も広げず、昨夜の失敗を伝えた。――南に面した大きな窓からは輝くような夏空と荒れた庭……そして残骸と化した温室と糸杉が見えた。話すうちに、自然……目は百合から背《そむ》き、眩しい陽射しに顔を顰《しか》めたまま、「……軽率でした。許して下さい」と語り終える。

「ジャンヌ……」と、彼女はつぶやき……振り返った僕に切ない笑みを見せた。「仕方がございません。私の勝手なお願いでしたもの」

「教えて下さい。何故……僕がいてはいけなかったのですか？　僕の存在が貴女《あなた》を苦しめたなどということは……」

「いいえ……貴方には何の責任もないことです。全ては私から出たことで……」

「でも……このままでは……やりきれません。あの日のことは……忘れたことはありません。何も彼《か》も……僕にとっては……今までの全ての夏を合わせたよりも重い……宝石のような一日でした。だが……貴女にとっては……違うのですね……僕のことなど忘れてしまいたい……あの日のことなど……僕は……あの毒草をもっと食べて……死んでいた方が良かったのかもしれない」

「毒草？」――百合は不思議そうにつぶやき……「貴方を随分と苛《いじ》めてしまいましたわね」と、言った。「引っ張り回して……銀竜草《ぎんりようそう》まで食べさせて……でも……あれは毒草ではありませんわ。いかにもそう見えますけど」

「でも……僕は……」言いかけたまま、僕はあの日に返っていた。あの時……百合に強要され……あれが毒草ではなかったとすれば……〝こっちなら……〟と、夢中で食べたあの何でもないような草が毒だったのだろうか？　あの熱にうなされた毎日……僕はあの草で百合が祖母をも殺したと信じてしまっていた。何という幼稚な……僕は可笑しくなり……ついには笑い声すら漏らしてしまった。「僕はてっきり……あれは猛毒で……おばあさまが亡くなられたのもそのせいとばかり……」

「殺したのです」

百合の言葉は僕を凍らせ……百合をも凍らせた。僕等は長い間見つめ合い……その言葉は消えてなお僕等の間に存在し続けた。

長い長い時間……僕等はその言葉を間にして見つめ合い、そうして僕には……朧気《おぼろげ》ながら……あの日の僕を抹消しなければならない訳が判りかけてきた。

百合と僕が共に過ごしていた間に……兄が彼女の祖母を殺したのだ……それが何故かは判らなかったが……だからこそ……彼女は僕を消し、兄と居たことにしなければならなかった……兄を庇うため……兄を愛していたため……「兄が……でしょう？」僕は冷たく言い放った。

百合は答えなかった。だがその瞳に瞬間、恐れとも哀しみともつかぬ色を浮かべ……僕に暴言を後悔させ、ついでそれが真実だと知らせる。後悔は嫉妬に代わり、裡《うち》に芽生えた憐憫をねじ伏せる。僕は激情に身を任せたまま百合に叩きつけた。

「何故です？　何故……兄は貴女のおばあさまを……いや、そんなことより……僕は

……僕は……兄と貴女との話を聞いてしまったことがあります。家族で……事故の……お詫びに伺った時……あの時、兄の求婚に貴女は応えなかった。兄を愛しているようには思えなかった……僕は……いや……だからといって望みを抱いた訳ではありません。兄と僕とでは違い過ぎる。でも……僕は……」自分でも何を言っているのか判らなくなっていた。百合の見開いた目に吸い込まれるように……僕は想いの丈を喋り続け……己の馬鹿さ加減に……惨めさに身を震わせていた。

「止《や》めて……」

悲痛な百合の言葉がようやく狂った口に蓋をし、我に返ると……取り返しのつかぬ狂態に恥の炎で包まれる。「済みません、何てことを……許して下さい」……逃げるように目を伏せ、部屋を出ようとした僕は百合の言葉で足を止めた。

「待って……ごめんなさい……許していただくのは私の方です。貴方のお気持ちを考えもせず……私……ただ……兄に知られたくなかったのです。兄は祖母に溺愛されておりましたから……兄も祖母を心から愛しておりました……それで……あの日の私の恐ろしい想いを兄には……私は……自分が可愛いばかりに嘘をつきました。貴方のことも忘れて……兄に隠す事だけを……」

「兄を……山崎太郎を愛しているからでしょう」僕は背を向けたまま言う。自分の舌を嚙み切りたかった。

「太郎さんを愛したことなどございません」

静かな声は雷のように僕を打った。僕は百合を見る。その澄んだ眼差しは湖のように濡れて深く……真っ直ぐに僕を見つめていた。

「太郎さんを庇うためではなく、私を庇うためですわ。……太郎さんは単に私がここに居られるように……ずっとここに居られるようにするため……祖母の部屋へ行ったのです。私がお願いしたのです」

百合の声が跡絶《とだ》え……その瞳が何ともいえぬ色に覆われて戸口に向けられたのを見、僕は彼女の視線を追った。

「こんにちは……あれ、描いてないのですか?」屈託のない声を上げて入って来たのは恭平《きょうへい》君で……その後ろから兄の顔が覗いていた。「なんだ……デッサン中だというから悪いかなと思って遠慮してたのに……」

僕は二人の脇を擦り抜け、部屋を出てしまう。とても彼等と……兄と話せる状態ではなかった。三階に行き、塔の小部屋に入ると……ほっとして……涙が溢れて来た。何が何やら判らなかった。混乱したまま……それでも自分の惨めさ……愚かさに涙が溢れた。激情に駆られて想いを吐露してしまったが、前よりもいっそう惨めになっただけだ。もう百合と顔を合わせることは出来ない……そうして壁は……百合の……茨姫の場所は空白のまま……今朝塗った窓の上下は既に落ち着き……刻々と……水も顔料も受けつけぬ石灰岩へと変容しつつあった。

顔を拭い筆を取る。これ以上の愚かさを積み上げることはない……数時間……心に溺れて放置すれば、この壁は永遠に白紙になってしまう。茨の白い花は百合を想わせ……大きな鋭い刺《とげ》も百合を想わせた。それでも窓の上部が茨で埋まり、床に座って新たに顔料を溶き始める頃には仕事が僕の乱れ昂《たかぶ》った心を幾らかは静めてくれていた。

何がどうあろうと、僕は百合を愛してしまい……そうして、仕事を続けるだけだ……勢いの良い足音に続いて、恭平君と兄が入って来たのは最後の窓の周りが全て茨で縁取られた時だった。

「凄いや！　やりましたねぇ」——奇声を発して恭平君は目を走らせたが、兄は何も言わなかった。僕は黙って描き続ける。内気な美少年とばかり思っていた恭平君は思いのほか饒舌で、狭い室内を独楽鼠《こまねずみ》のように忙しなく動きまわりそれでも賛辞を述べ続けてくれた。やがて豊さんが「春江さんからお電話です」と、呼びに来ると「あーあ、どこまでも鎖が伸びている気がする」と、ぼやいて下りて行った。

兄は僕の背後で黙っていた。その沈黙は恭平君の騒がしさよりも僕の心を乱し……ついに僕は筆を擱《お》いて兄を見る。彼はラプンツェルの絵に見入っていた。

「兄さん……百合さんのおばあさんを殺したのですか？」

「百合に聞いたのか？」兄は振り向いて僕を見た。いつも通りの涼しげな顔からは何も窺えず、ただ「随分と心を許されたものだなあ」と言った声には余裕と嘲笑が含まれていた。

「たった一月ぐらいの滞在で……」

「彼女が言ったというより……ある切っかけで……僕が無理やり聞き出したのです。でも……何かの間違いでしょう？　彼女の誤解でしょう？」

「誤解ではなく僕がそう思わせたのさ。それだけだよ」

ますます何が何やら判らなくなった。「どういうことです？」

「話せばこれ以上詮索せずに、おとなしく絵だけを描いて帰ると誓うか？」

僕はうなずいた。筆を擱《お》く。

「あの日、僕がここへ来ると、翔は酷く不機嫌で……僕は百合と、例によって空き部屋巡りをしようとした。ところが彼女も変で……脅えて、取り乱していて……とうとう泣き出してしまった。聞くとメアリー夫人に酷く叱責され、今日限りで彼女は余所《よそ》へやられてしまうと言うのだ。今頃メアリー夫人が祖母に言いつけ、祖母は私を遠くへやってしまうだろうと……」

「何があったのです？　何故そんなことに」

「彼女は言わなかった。もっとも僕にもどうでも良かった。肝心なことは彼女がここに居続けること、そして僕の妻になることだけだったから。既に翔《しょう》は二十歳になっていたし、祖母がいなくてもやっていける。彼が当主になればメアリー夫人など追い出せるし、百合の身をとやかく言う者などいなくなる。僕は彼女に提案した。彼女がここに居られるようにする代わり……将来僕の妻になることを。彼女は承諾し僕は下へ下りた。あの婆さんの部屋からはしばらくメアリー夫人の声がしていたが、そのうち血相変えて飛び出して来た。しばらくすると二階の自分の部屋へ使用人たちを呼び、何やら騒いでいたが、戻って来る気配はなかった。そうして僕は婆さんの部屋に入り込み、既に死んでいる婆さんを見たって訳だ。殺したとすればあの女だろう」

僕は豊さんの言っていたことを思いだし、兄の話を信頼する。安堵すると同時に新たな憤《いきどお》りに声を上げた。「何故、百合さんにそのまま伝えないのです。百合さんは自分のせいで兄さんが殺したと……苦しんできたのですよ」

「代償に僕は彼女に結婚を申し込んだ。あの時は百合よりこの家に魅せられていたんだ。百合はまだほんの子供で、愛など感じたこともなかった。でも今は違う。真実僕は彼女を愛し、妻にと望んでいる。ところが皮肉なことに彼女の方では消極的だ。今までの僕の態度に不信を持っているからだろう」

「だったら尚更……」

「あの密約があるからこそ、僕は百合の婚約者となり、今もこうして来ている。それをなくしたらどうなる？　今に僕は必ず彼女の心も手に入れてみせる。何を言おうとつれなかった男に拗ねているだけの若い娘だ。それとも……その間にお前が割り込むとでも？……」

まるで王子を夢見た本当の蛙を見るように兄は僕を見つめた。鏡でも突きつけられたように、僕はうつむき……長いすっきりした足と短い足の間に目を据える。だが……兄は本当の百合を知らない。彼女は拗ねているだけの若い娘などではない。もっと聡明で大人だ。それに……それに……彼女は言った。〝太郎さんを愛したことなど……〟と。兄の容貌や兄の名声等に誑《たぶら》かされてもいないのだ。

恭平君らしき足音が近付いて来た。

「とにかくこれでこの話は終わりだ。一切の口出しはしないでくれ。百合にも詰まらぬことは言わないように」兄の言葉は命令だった。そうして恭平君の顔が見えた時、念を押すように「いいね」と言った。

壁の絵は茨姫に入ったが、十日ほど、僕は下へ下りずにただ描き続けた。恥ずかしくて百合とは顔を合わせられなかったが、今では目を閉じても百合の顔は描くことが出来る。漸く茨姫の顔が壁に現れ、残るは眠りに落ちた美しい姿態と周りの茂みだけ、という状態になったのは八月も半ばを過ぎ、蟬の声も変わった夕暮れだった。由里香と共にクラコ神父が現れて、僕は壁から目を放す。

「いよいよ大詰めですね。実に良い顔だ。安らかで、気品に満ち、ダ・ヴィンチの顔のようだ」

僕がここ数日、会いたいと思っていたのは彼だけだった。「神父さん、……告げ口は悪いことでしょうか？」

「はて……」驚いて僕を見たクラコ神父は、可愛らしい目を瞬かせて考え込んでいたが、由里香が「悪いことよ」と言うと笑って宥《なだ》め、「一概に悪いとも……良いとも……」と、にっこりした。「それが周囲に及ぼす影響で決まるのではありませんか？　不幸になれば悪いことだし、幸せになれば良いことだとも言えるでしょう。しかし……不幸というのも幸せというのも人それぞれでまた異なりますからねぇ」

　腕を組んで考え込み始めた神父に、「いいえ、何でもないのです。ただちょっと伺っただけで」と、僕も笑顔を向けた。声を聞くだけでも心が休まり、そして決心がついた。百合に真実を告げるべきだ。それで兄との仲が壊れようとも、元々、愛に脅しも強要もあってはならない。

「鷹原氏が心配していますよ。根を詰めすぎて今に塔からでも飛び降りてしまうのではないかと」

「この窓では無理ですよ、由里香ちゃんだって通れやしない」僕は笑って答えたが、由里香はと見ると、珍しく大人しく、北の窓から外を眺めていた。

「制作の腰を折っては悪いが、今日は私をはじめ、客が重なりましてね、鷹原氏が宜しければたまには皆で夕食をと言っておりましたよ」

「判りました。伺います」


　食卓には中川先生、クラコ神父の他にも、湯河原に住むという詩人や、東京から来た作家、そして出版社の人もいた。座は終始和やかで、百合の僕に対する応対も前と少しの変わりもない。ここへくる以前は全く閉ざされた世界を勝手に想像していたが、来客は寧ろ僕の家よりも多いくらいだった。

食後、また〝福さんの部屋〟に座を移すこととなり、束の間、ぼんやりとしていた百合を捕まえて、僕は「お話が」と、引き止める。

鷹原氏が何気ない動作で間の戸を閉めてくれ、二人きりになると初めて百合は不安な顔を見せた。

「兄と話しました」と、僕。「兄は貴女に嘘をついていただけです」

「どういうことですの？」

「貴女の願いでおばあさまを殺したようにみせて……実際には兄が部屋に入った時、既に亡くなられていたそうです」

「そんな……彼は貴方が出ていった後……クッションまで見せましたわ。それで顔を押さえたと……薔薇《ばら》の蕾《つぼみ》みたいじゃないかって……緑の絹地に口紅が鮮やかに付いて……」

「僕の出た後って……」

「私たち一緒におばあさまの部屋に入りましたでしょう？　一時間後に来るようにと言われて……私は一人でいるように言われましたの。でも怖くて、貴方を苛めて気を紛らわし……貴方も連れておそるおそる部屋に入ったのですわ。おばあさまは亡くなられていて……」

「何ですって……」僕の脳裏にまざまざと老婆の声が蘇る……醜い子……そんな子を家に入れて……苛めておやり……長い間悪夢となったあの言葉……「あの時、おばあさまは生きてらした……僕を罵ったではありませんか！」

「貴方を？」百合は不思議そうに僕を見た。「そういえば太郎さんが椅子の陰で……貴方を連れて来てしまった私を咎め……私……混乱してしまい……泣いてしまったので……よく……」

泣いて？……あの時、百合が後ずさり……椅子の背に顔を押し付け……あれは笑いを押さえていたのではなく、嗚咽を押さえていたのだ。そしてあの声は兄……妙に上擦った声は作り声だったから……まざまざと蘇ったあの部屋に僕は押し潰され……悲鳴を上げたくなった。

「それに……」と、冷静な百合の声でようやく悪夢を払い退ける。「太郎さんが……御自分に不利な……そんな大それた嘘をおつきになる理由が判りませんわ」

「兄は何としても貴女と結婚をしたかったのです。それが脅しとなろうとも……悪意から出た嘘ではありません。ただ貴女を愛して……」

「あの方の愛を感じたことなどございません。それは……口では結婚ということを度々おっしゃっておりましたが……あの方自身……消極的でした。まるで口先だけの永遠の冗談のように。ですから私も受け流していただけで……事実フランスへ長いこといらしていたし……あの方が急に積極的になられたのはこの事故の後で……単に私への責任感に過ぎませんわ」

「違います、兄は真実……心から貴女を愛していると……」僕は声を呑んだ。なんて滑稽な役割なのだろう。全くの道化ではないか。

「もう何もおっしゃらないで。今となってはどうでも良いことです。昔のことですわ」

「昔ではありません！」僕は言った。「僕にとっては永遠に繋がる日です」

「太郎さんと結婚する気はございません。私が愛しているのは……」

ノックの後で、鷹原氏の顔が覗いた。

「密談は済みましたか？　岡野氏の詩の朗読が始まりますよ」

後ろからおどけた顔の湯河原の詩人の顔が迫り出した。「百合姫に捧げる詩です」

「すぐ参ります」百合は笑って応え、車椅子に手をかけた僕は囁《ささや》いた。

「誰です？　貴女が愛しているのは……誰なんです？」

再び閉じられた扉に向かって百合は進み……「由里香は兄と……私の娘です」と言った。

九

最後の一筆……茨《いばら》の白い瓣《はなびら》に光りを与えると、僕はゆっくりと右手を降ろした。〝終わった〟裡《うち》に広がるつぶやきは静かな波紋となって喜びに替わり、僕を満たし、続いて津波のような歓喜が押し寄せる。床のビニールシートに座り込み、深い、深い、吐息を吐いた。終わりだ……出来る限りの力は出した……終わりだ……フレスコ画の静かな輝きが僕を包み、穏やかな安息と空白が訪れる。この心地好い空白……

「完成……ですね」

鷹原《たかはら》氏だった。僕は慌てて立ち上がる。右手に持ったままの筆が、ボロ布に天使の光輪のような滲《し》みを作っていた。

鷹原氏はゆっくりと部屋に入ると、僕の回りを一巡した。僕はもう何も怖くない。何も……この安らぎは何だろう？　全ての懊悩が……哀しみも、不安も、疑惑も、あらゆるものが遥か彼方へと飛び去り、あるのは全くの充足……そして静寂……いつの間にか、また僕独りになっていた。

僕は筆を拾い、鏝《こて》を拾い、顔料の袋を集める。今では油彩の絵具チューブよりも、パレットナイフよりも、馴染み深くなったそれらのものを下の部屋へと運び、最初の頃、噎《む》せて困った消石灰の袋を運び、ポリ容器を運び出す。ボロ布を纏《まと》め、ビニールシートをたたむ。いつか目頭が熱くなり、線は霞んで色彩だけが揺れ、心は喜びで溢れていた。最後のシートの固まりを運びおえ、戻って来ると百合《ゆり》と鷹原氏がいた。

花嫁のように、鷹原氏に抱かれた百合は、輝きに満ちた燃える瞳で僕の筆をなぞり、壁を伝い、天井を仰ぎ、また壁を伝い……僕を見た。「素晴らしいわ、とっても……」低く短い囁《ささや》きは、賛嘆と温かさと好意に震え、瞳はさらに輝きを増した。氏の首に絡めた手を解き、僕に差し出す。

僕等は百合を間に手を絡み合わせ、三人で踊った。喜びに溢れ、何のこだわりもなく、一つに溶け合い、朗らかに笑い、現実の百合と壁の百合、ラプンツェルと王子たちが回転し、茨が花開く。

やがてへとへとになって床に転げ、息を切らしながらも喜びは続き、二人への感謝の念で身も心もいっぱいになる。善意に満ちた四つの瞳に僕は心から礼を述べた。僕に新しい世界をくれた二人……限りない援助と好意を向けてくれた二人……このような至福の時へと導いてくれた二人……何をどう言おうと言葉では追いつかなかった。

僕の言葉を制して鷹原氏は「最初に何をしたと思います？」と朗らかに言った。「この傑作を目にして、百合に知らせに行く途中ですよ。お宅へ電話を入れました。間もなく御両親がみえられますよ。それに明日の午後はもっと多くの人が……。思いつく所へかたはしから電話をしたのです。私がこんなに興奮したのも何年振りですよ。山野さん、元子さん、クラコ神父、中川先生、恭平《きょうへい》君、勿体ぶって招待しました。お祝いしましょう。明日はこの完成祝いです」

それから僕等は百合を長櫃《ながびつ》に坐らせ、深夜飛んで来た両親に、驚いた福《フー》さんが知らせに来るまで至福の時をそこで過ごした。

両親や福さん、豊さん、美樹《みき》さんにまで喜びは感染し、前夜祭と称して豊さんが持って来たシャンペンを開ける。その騒ぎに由里香までが起きて来てしまった。

「太郎は明日の朝に約束があるとかだが、午後一番には飛んで来ると言っていたよ」

「兄さんも！」

「明日の午後には整理券を作らなければなりませんね」と鷹原氏。「今ですら、折角の壁画が隠れてしまうほどいっぱいなのだから……皆が押し寄せたら、とても入りきれない。ここは一人ずつ順に入っていただいてじっくりとこの傑作を鑑賞して戴《いただ》くしかありませんね」

「それでは時間制限をしなければいけませんわ、お兄様。クラコ神父様など、きっと何日も出ていらっしゃらないと思いますもの」と、百合も珍しく軽口をたたく。

「福さん、ちょっと叔母様を抱いて」と由里香。「ロデリックとマデラインにも見せてあげるの」

由里香は長櫃を開け、人形たちを取り出した。楕円の窓の淵に向き合って置くと、「おまじないが効きますように」と言った。

「おまじないって？　何ですか」と、豊さん。

「内緒よ。言ったら効かなくなっちゃうもの」

「おやおや……何でしょうねぇ。お月様にでもお願いごとですか」

ぺたりと床に座り込み、見上げた窓から皓々《こうこう》と輝く月が目に入る。十五夜も近い……このように美しい月を目にするのも何か月振りか……そして窓の周りには茨が咲き乱れていた。僕は幸せだった。この夜、世界中で一番幸せだった。


明日、改めてと、それぞれ部屋に引き上げたのはそれから一時間後だった。とうに夜半も過ぎており、由里香は母の膝で眠り始め、豊さんは小部屋を片付け、美樹さんは両親の部屋を一階に用意してくれた。

僕はといえばだらしなく鷹原氏と福さんにベッドまで担ぎ込まれ、今は独り、夜空を見ている。鍵をかけるのも忘れてきてしまった。だが、もう……どうでも良いことだ。誰も彼《か》もがあんなにも喜び、祝福してくれた……体は綿のように疲れていたが、心は高揚し、昂《たかぶ》り、心地好く酔っていた。

うねるように踊る意識の波に、飲み込まれるかと思えば、この素晴らしい宵を終わらせるのが惜しく、降るような幾千の星に目を凝らしたり、静寂の中で時を刻む時計の音に聞きいったり……たった独りでまだはしゃいでいた。一人、女王のように長櫃に坐った百合の手招きに、その傍らに坐り、彼女の顔が近付き、頰が触れ、声が聞こえた。〝貴方《あなた》が好きよ……とっても……〟僕を酔わせたのは酒ではない。断じて。彼女が真実、誰を愛そうとそんなことはもう、どうでも良いことではないか。僕は彼女を愛している。それは何があろうと変わりようのない事実だ。僕は彼女を愛している。それが大切なのだ。僕は彼女を……叫びを聞いたような気がした。

声は闇に吸い込まれ、僕は身を起こしたが、それが何だったのか……木々のざわめきと薄闇の中で……本当に聞いた声なのか……夢で聞いた声なのか……判らなくなっていた。窓から差し込む月明かりに、朧《おぼろ》に浮かんだ時計の文字板を見ると二時少し前。それでも夢にしては余りにも生々しく、耳に残った声を頼りにそろそろとベッドから這《は》い出る。

月光の中で中庭は暗い沼のように沈み、鉄の欄干が冷たく光っていた。耳を澄まして暫《しばら》く佇《たたず》んでいたが、屋根を渡る風の音ばかり激しく、夜空には雲が走るように流れている。雲間から見え隠れする月の輝きは徒《いたずら》に胸を騒がせ、不安を募らせる。特に今夜のように風の強い晩は、廊下に出ると却《かえ》って自然の音で何も彼も搔《か》き消されてしまうようだ。

下に下りてみようか……とも思ったが、悪夢の成せる技かも知れず、一旦部屋に戻ってみる。幸いというのか、服を着たままだし、髪だけ手で撫で付けて窓を開けてみた。風に唸る真っ黒な杉の木立から視線を落とし、下の通路を見た途端、酔いが一度に吹き飛んだ。

福さんだった。何か縄のようなものを抱え、走っていく。突き当たりは納屋だ。

彼の姿が納屋に消えると、僕は彼の走って来た方角……右へ視線を泳がせた。

兄……！　塔と塀の狭い通路に兄は倒れていた。月明かりの中で、兄の姿はまるで天界から堕ちた天使のように見えた。そうしてその羽が僕の視界から消えると同時に、新たな悲鳴が聞こえた。上から……右側から……塔の小部屋の辺りを見上げたが、夜空に暗い塔の影が見えるばかりだ。僕は部屋を飛び出し、とにかく一階へ駆け下りる。玄関の戸は開いていた。塔の下へ駆けつけると、兄の姿はない！

〝そんな……馬鹿な！〟……僕は幻を見たのだろうか……だが、無残に顔の割れた人形のロデリックとマデラインが転がっている。葉陰に光る物を無意識に取り上げると、スプレーの缶だった。黒色のラッカー塗料……茫然と立つ僕の耳に風を伝って鉄門の開く音がする。

振り返るとまたしても福さんだった。

「福さん……」

彼は僕の声に一瞬足を止めたが、小走りに近寄り、「お兄様が……」と言った。「太郎さんが大変なことに……外です。私はすぐ中川先生の所へ参ります」

そのまま、僕の声も無視して車庫へ駆け込んだ。訳の判らないままに僕も外へ走る。

道路には豊さんが寝間着姿のまま佇んでいた。側へ行くと泣き顔のまま崖下を指差す。

いつか僕が糸杉の小枝を投げ込んだ所だ。兄と……鷹原氏がいた！　背後を福さんの運転するリムジンが走り過ぎて行く。僕は思わず崖っ淵へしゃがみ込んだ。

「淳《じゅん》さん……太郎さんが足を滑らせて……」と、彼は言った。「今、福さんを中川先生の所へ行かせました。無駄なようだが……」

「嘘だ！」——僕は叫ぶ。「塔の下で……僕は見ました！　塔の下に倒れていたんです」

鷹原氏はゆっくりと崖を上り、僕の側へ来た。激しい息遣いと共に、詰め寄った氏の言葉は僕を混乱と恐怖のどん底へ突き落とした。

「それ以上、一言もおっしゃらぬように……いいですか。太郎さんはここから落ちたのです」

僕が口を開く前に、彼の手が僕の唇を被い、同時に右腕も力強い手で捕まえられていた。

「貴方が見てしまったのなら仕方がない。だが……心を静めて……よく聞いて下さい。……太郎さんは塔の外壁を登った。そして中にいた貴方のお母様と争って下に落ちた。太郎さんは既に亡くなられています。ここから落ちたことにすれば中川先生も事故と見てくれるでしょう。判りますか？　貴方が騒ぎ立てると窮地に立つのはお母様ですよ。これ以上面倒は御免です。判りますか？　声を上げないで戴けますか？」

僕はうなずいた。ようやく鷹原氏の手から解放される。

「でも……」と思わず口を突いた声を慌てて落とし、僕は小声で鷹原氏に聞いた。「何故、母が……、何故兄が……何故兄はこんな夜更けに塔に登ったのですか？　どうして母と争いになったのですか？」

「説明は後で……貴方は騒ぎに駆けつけて、ここで太郎さんを見た。宜しいですね」

啞然とした僕の眼差しを受け流すと、鷹原氏は崖の方へ足を運び、崖っ淵の道路を足で蹴り出した。土砂の崩れる音が続き、最後に片足の靴を脱いだ鷹原氏が雨上がりの道路を力いっぱい靴でなぞると、あたかも道路から崖下へ、滑り落ちたような痕跡が道路に残る。その下では今は花も終わった胡蝶花《しやが》の葉が、つややかに月光を浴びて兄の遺体を取り巻いていた。思わず崖下へ下りようとする僕の体を豊さんが抑える。〃お願いです。旦那様のおっしゃるように……〃

僕の体を抱いた豊さんの顔は涙でいっぱいの切ない顔だった。

「本当に……兄は……」と、僕は尋ねたが、「亡くなられています」と、鷹原氏の声がすぐ続いた。「でも……そんな所に置くなんて、あんまりです」――僕は崖を滑り落ち、兄の傍らへ行った。

苦悶に歪んだ兄の顔はなおかつ美しかった。聖セバスチャン……突き刺すような鋭角の葉が密生した中で、兄のぐったりとした体を抱き上げ、力なく垂れた顔に目を向けながら、僕の脳裏を横切ったのは時も忘れて三島由紀夫の『仮面の告白』の一節だった。

……この奴隷の体軀と王子の面差しを持った若者……百合の一輪が……彼の男男しい

髪の流れに沿い、優雅にうつむいて挿されたさまは、白鳥の項《うなじ》を宛ら《さなが》……涙が兄の胸に落ち、嗚咽が喉を突き上げて来る。抱いた兄の胸に顔を押しつけ、僕は声を殺して泣いた。綿シャツの襟から覗いた肌は滑らかで……まだ微《かす》かな温みを持っていた。そうしてその温みが消えた頃……福さんの運転する車で中川先生が駆けつけた。

「淳さんの仕事が終わりましてね、その素晴らしさについ興奮して……寝付かれずに福さん、豊さんと庭に出ていたのですよ。その時声が聞こえましてね……」

「驚きました、本当に。声のした方へ駆けて来てみて……」

「何しろ月明かりだけなもので……でも福さんが崖下に目を向けましてね……」

……何も彼《か》も嘘八百だ。鷹原氏や福さんの言葉を耳にしながら、それでも僕は俯《うつむ》き、ただ唇を噛み締めていた。〃お母様と争って……窮地に立つのはお母様ですよ〃と言った鷹原氏の言葉が中川先生の人の良い、驚いた相槌を耳にしながら、口を塞がせていた。

やがて兄の遺体が道路に引き上げられ、ほんのりと闇の薄れた空の下、再び福さんの運転で中川医院に運ばれて行くと、僕は母のいる客間へ行こうとしたが、鷹原氏に引き止められた。「お母様には山崎画伯がついていています。今夜は……いや、出来ればずっと、そっとしておいてあげなさい」そうして、彼は自室へ僕を導いた。

彼の差し示した椅子にぐったりと坐り込むと、僕は言った。「教えて下さい……どういうことなのか」

「太郎さんが貴方の壁画を台無しにしようとしたのです」

驚いて見上げた僕の前で、鷹原氏は平然とカクテルを作っていた。そして琥珀色のグラスを差し出すと「お飲みなさい」と言う。「今夜は貴方にも私にも、力をつける飲み物が必要だ」

それは確かに僕の、疲れた体と神経をも癒してくれた。だが……グラスから目を移した僕は、真向かいに坐った彼の、凍るような視線を浴びた。

「今は……私の見たままに、そして聞いたままにお話しした方が宜しいでしょう」

僕はうなずく。グラスが揺れた。

「中川先生に申し上げた通り……私と福さんは寝付かれずに庭に出ていたのではなく、この部屋で、今のように酒を飲んでいたのです」

確かに、目の前の小テーブルには二つのグラスが置かれていた。

「窓もご覧のように開け放したままでしたので、悲鳴を聞いた時、方角はすぐに判りました。それでも家の中を彷徨《さまよ》い、裏へ回って太郎さんの姿を見、思わず塔を見上げた時……ロープが蛇のように這っていましたからね、塔から落ちたのは歴然としていました……あの楕円形の窓に貴方のお母様を見たのです。まだはっきりとは判らぬまでも、福さんをそこに残して、私は塔へ走りました。玄関を入ると、山崎画伯が不安な面持ちで立ちつくしておられ、〝上です〟と言うと、そのまま、私の後について来られた。そして塔の小部屋に辿り着くと……お母様が鏝で喉《こて》を突こうとしていらした。画伯が飛びついて鏝を取り上げましたがね。酷い状態で〝あの子を殺してしまった、私も死ぬ〟と繰り返しましてね。胸から顔にかけて真っ黒で、それがまだ乾かずに揮発性の嫌な臭いで、ほら、私の腕にも少し着いているでしょう？　私は下の福さんにとにかくロープを何処《どこ》かへ始末するよう言いました。誰が起きてくるやも知れず、直観的にこの事実は隠蔽してしまう方がと思ったのです。お母様の取り乱した様は痛々しく、見ていられませんでしたが、幸い画伯がついています。〝母さんが死んでしまったら私も死ぬよ。私まで殺すのかね〟と画伯は言っていました。その言葉が効いたようで、お母様は悲鳴とも叫びともつかぬ声を上げ、（僕が聞いた声だ！）泣き出しましたが、それでも精神の危機は脱したようでした。私たちはお母様を抱えて、部屋へお連れしました。道々取り留めもなくつぶやいた言葉を整理すると、どうやら、あの画廊の火事も太郎さんの仕業だったようで……」

「そんな！」僕は思わず椅子から身を起こした。「兄の絵も燃えたんですよ」

「元子さんから聞いたそうですよ。何でも太郎さんの所へフランスから脅迫状が来ていたそうで、元子さんはずっと調べていたようです。太郎さんが事故で熱海《あたみ》の病院に入院し、そして退院の前夜、やっとその脅迫者というのを、元子さんのパリの知人が捕まえたとかで、電話で脅迫の内容が明らかになりました。ラモンとか言うその男は太郎さんの愛人で、かつ、太郎さんのデッサンを元に二十三点の絵を彼の要請で描いたといいます。ラモンは単にその絵の代金を要求していたのです。二十三点……あの画廊で燃えた太郎さんの絵と同点数です。つまり彼は最初から燃やすためにあれらの絵を描かせた。共に被害者という立場に自分を置き、貴方の絵を燃やすためです」

「何故！……そんな……僕の絵を燃やしたいなら家で燃やせば良いではありませんか。画廊まで燃やして、三谷さんまで……」

「三谷さんが飛び込んでいくとは彼も思わなかったでしょう。しかし、仕方なく自分も後に続くことにより、ますます安全圏に入った訳です。貴方の絵は分散していた。恐らく昨年久し振りに帰国した時、彼は貴方の作品を見て、押さえきれない嫉妬を感じたのでしょうね。三谷氏から個展の依頼があった時から、貴方の絵を全て、一点残らず抹殺する計画を思いついた。三谷氏を利用し、自分も被害者となり、貴方に決定的な致命傷を負わせる。元子さんはラモンという男からその作品の写真も手に入れました。確かに画廊で燃えた絵と同じだったそうです。今度の壁画で貴方はまた立ち直る。お母様は喜びながらも不安で、頻繁にここへ来ては壁画の状態と、また太郎さんの様子を伺っていたようです。今夜、完成した壁画を見て、家を出る前の太郎さんの明るい様子に却《かえ》って疑惑を抱き、せめて一晩、皆の目に触れるまではとあの小部屋にいらしたそうですよ。そしてそこへ……」

「もう結構です！　事実がどうであれ、僕には信じられない。兄が僕の絵に嫉妬した？

冗談ではない。何から何まで兄の方が僕より優れているじゃありませんか。僕の存在など兄はろくに意識したことすらありませんよ。まして兄が嫉妬を覚えるような絵など……そんなことをいえば、世界中の美術館に放火しなければならないでしょう?」

「貴方は彼の弟だ。私は簡単に嫉妬と申し上げたが、貴方に対する彼の感情はもっと複雑なものだったと思いますよ。ところが彼のプライドが面と向かっては貴方に攻撃をかけられなかった。表面貴方や御両親を無視したように……そんなものは気にもかけない素振りで過ごしながら……本当は彼の意識の大半を占めていたのではないでしょうか」

「では……ずっと……僕を憎んでいたと……」――〝醜い子だ……苛《いじ》めておやり……〟かつて絹代さんの口を借りて兄が言った言葉は本心だったのだろうか? あんな昔から彼は僕を憎んでいたのだろうか?

「ことは終わりました。今更何を言っても仕方のないことで、まして刑事事件にしたところで不幸が増幅されるだけです。太郎さんは立派な画家だった。弟の仕上げた作品を早く見たくて駆けつけ、足を滑らせ、悲運にも亡くなられた。判りますね? お母様にも何もおっしゃらぬよう。貴方が何も知らずに過ごすことがお母様の一番の望みです。そして貴方がそのように振る舞えば、あの方も生きていかれるでしょう」

「でも……それでは三谷さんが浮かばれません。何も彼も隠《か》してしまうなど……」

「亡くなられた方があの世でどう思うかなど、構わないじゃありませんか。生きている者の方が大事です。貴方の崇拝するダ・ヴィンチも書いていますよ。〝自分に害なき悪は自分に益なき善に等しい〟と……白黒をつけるより、残された者がより良く生きていかれるよう考える方が大事ではありませんか?」

「よく判りません……まだ。まだ……兄の亡くなったことも、今夜のことも……信じられない状態で……混乱しています」

「お休みになられた方が良いでしょう。眠れなくても、体を横にするだけでも違う。私の無道徳観を押しつけてしまったようだが、出来れば、明日……もう、今日ですね。何も知らない……ただ事故にショックを受けた貴方であって欲しいと思いますよ」

空はもう明るくなっていた。鳥たちの鳴き交わす声が高くなるにつれ、山の輪郭もはっきりと浮き立ち、色を取り戻していく。

鷹原氏は立ち上がるとスタンドの明かりを消し、窓を開けた。僅かな間に夜の部屋は朝の光りに包まれる。僕も立ち上がる。

「休みます」とだけ言った。

「一時間でも、二時間でも、眠られた方が良いですよ」

ドアを出る時、鷹原氏はつぶやいた。「私は貴方だと思っていました」……僕は足を止める。

「何がですか?」

「いや、何でもありません。お休みなさい」

兄の遺骨を持ち帰り、葬儀を終えたのはそれから三日後、暦は九月に変わっていた。僕は未《いま》だにどうすれば良いのか判らぬまま、それでも鷹原氏の言う通り、知らぬ様を装い続けた。立っているのがやっとという母は、葬儀が終わると、床に就いてしまい、父は片時もその側を離れなかった。

あの鷹原氏の話が真実だとすれば……あの夜、兄は塔の下で僕等の宴会を聞いていたのだろうか？　そして皆が引き上げ、しんとしてから……だが、塔の下の狭い通路から……殆《ほとん》ど垂直に近い角度で……どうやって数十メートルも上の小さな小さな窓の鉄棒に縄をかけることができたのか？　それに母は……幾ら僕の絵を守るためとはいえ、何故兄が危険な場にいるのを承知の上で争ったのか？　それで兄の気が晴れるのなら、絵など勝手に潰させれば良かったのだ。いや、もっと早くに兄の気持ちを知っていたら……だが、そうしたところで僕は絵をやめただろうか？　今更考えても仕方がないと思いつつ、気が付くといつも兄のことを考えていた。それに鷹原氏はあの日、ラモンという男が兄の愛人だったとも言っていた。もしもそうなら何故兄は百合に結婚を申し込んだのか？　兄が〝愛しています〟と言ったのを僕は聞いている。それとも百合があのような体になったからこそ、兄は積極的になったのだろうか？　形だけの夫婦……名前のみの夫婦ということで……だがあの多くの蔦《つた》屋敷のデッサン、いや、あれは百合の象徴としての蔦屋敷ではなく、想いそのままの蔦屋敷だった……彼は百合ではなく、あの屋敷に魅せられていたのだ……あの屋敷を自分の物とするための求婚……兄自身言っていたではないか……ずっと昔から……僕がまだこの家に来る前から……兄はあの家を欲し、絹代さんを殺したとみせて百合を自分のものとした。そうして約束をしながらも、実際の結婚というものへは踏み切れず、フランスに滞在し続けた……そしてあの家を夢み……そう！　兄の油彩！『ジャンヌとその兵士たち』……ジル・ド・レーは兄だったのだ。いや、兄がジルとなり、そして……事故の後、百合はジャンヌ……ジャンヌ・ダルクとなったのだ！　ジルにとっての聖女……兄にとっての聖女……兄は初めて百合を熱烈に愛するようになったのだ。そうした百合との婚姻により、兄は完璧にジルとなれる。才知と美貌……聖女と城……悪夢のような想いに囚《とら》われながら、僕は兄の部屋に来ていた。

主のいなくなった部屋の壁は、蔦屋敷のデッサンで埋まったまま……その見事なデッサンに改めて目を奪われる。そして紙と紙の間に見える合板の安っぽい壁……高速道路の振動に震える壁……この部屋は確かにあの兄には相応《ふさわ》しくない……だが、これだけの腕を持ちながら……僕はふと、前にこの部屋に来た時のことを思い出した。母の驚愕……そしてあの言い争い……引き出しを開けてみる。

筆記用具や画材が几帳面に仕舞われた中に目を走らせ、ついで手を入れる。それは葉書大のスケッチブックの下にあった。母が見て……僕の目から隠した写真。あの写真帳の空いていた部分を埋めるもの。庭園での僕と父。母が撮ったものだろう。〝淳ちゃん、笑って、笑って……チーズ〟母のいつもの言葉が蘇る。父に肩車をした僕。そして僕等の顔は一面に穴を開けられていた。何百回ものペンやエンピツの攻撃で、顔の部分は見えなくなり、僕の顔は殆ど大きな穴となっていた。〝そう、それは私ですよ……どんな気持ちで覗いていたことか……〟笑顔らしき父の背後の茂みの下から細い、スニーカーを履いた足が覗いていた。胸が詰まり、写真が霞んで来る。取り落とした写真は鳥のように舞って、足元に落ちた。

拾いながら、裏に書かれた文字を読む。〝昭和四十二年、六月、有栖川公園《ありすがわ》〟——〝覚えているか……ありす……〟と、兄は病院で言った。覚えている訳がないじゃないか。僕はまだ三つになったばかり……父の肩に乗り、どんな笑顔をしていようとも……それが僕の罪だと……兄はこの頃から僕等を知っていたんだ！　どんな気持ちで覗いていたことか……ピントの惚《ぼ》けた茂みの間に見えるのは手、そして顔だろうか……あの日！僕が洋ちゃんを肩車した時の……あの兄の顔！　そして……いや、まさか……僕は今、受話器を取り、ダイアルを回している。

——もしもし、山崎……淳ですが……。

——この度はどうも……先日は伺えなくて……僕もショックで……辛すぎてね。そのうちお焼香に伺わせていただきます。

——有難う……電話をしたのは……随分と前だけど……兄の絵を運んでいる時に刑事たちが来て、恭平君、兄と……夕方まで一緒だったと言っていたでしょう？　急にこんなことを聞いて何だけど……それは本当ですか？

——今頃……何故？　確かめてどうするのですか？

——どうも……どうということもありません。ただ……知りたいのです。それだけです。

——一緒でした……と、言いたいところだけど、もう太郎さんもいないことだし……どうでも良いことですからね。一緒に車に乗ったのは十分ほどで、すぐ別れましたよ。えらく不機嫌でね、追い出されたという方が当たっているかもしれない。僕、そのまま映画を観てね、それから友人の所へ行ったんですよ。でもお陰で凄い拾い物をしてね。後楽園シネマで『モーリス』と『マーシェンカ』の二本立てやってたんです。

——何故、あんな嘘を……。

——太郎に頼まれたし、嘘をついたって僕は痛くも痒くもないしね。

——でも、偽証……。

——真実なんかより、僕は太郎の方が大事だった。それだけですよ。どうです？　改めて警察へ言いに行きますか？

——いや……——僕は言葉に詰まった。やっとのことで——どうも有難う——とだけ言って電話を切る。

「どういたしまして」——平然と彼は答えた。

洋ちゃんは僕だったんだ……そして暖炉の中のロデリックも僕……そして……僕は部屋を飛び出した。もしもあの下に洋ちゃんがいたら……いや、何もあって欲しくない！これが僕の妄想であれば……だが、このままではおけない……財布だけ摑んで、僕は東京駅へ向かった。そして熱海へ、蔦屋敷へ。

熱海の山道を車で揺られながら、美樹さんの言っていた幽霊の正体……母も同じ妄想を抱いていた……頻繁に蔦屋敷に通っていたのも、僕のことだけではなく、洋ちゃんを捜していたのでは？……母はあの写真を見ていた。そして僕が洋ちゃんを肩車した時も側にいた。返すはずだった小さな靴下を握り締めて泣いていた時……そして……母は……兄を故意に殺した？……その恐ろしい考えが浮かんだ時、車は蔦屋敷に着き、庭の外れから由里香の歓声が聞こえた。

門を回るのも惜しんで、僕は石垣を上り、由里香の前に立つ。

「淳さん！　驚いたぁ」

無邪気に飛びついて来た由里香の手から紫の桔梗《ききょう》がはらはらと落ちた。糸杉の根本には真新しい小さな墓が作られていた。

「これは……？」

「ロデリックとマデラインのお墓よ。由里香があんな所に置いておいたから落ちちゃったんですって。二人共死んじゃったの。お父様がお墓を作ってくれたのよ。それでね、お父様とクラコ神父様と由里香と、みんなでお祈りしたの。これでもう痛みが消えるって、お父様おっしゃってたわ」

「そう……由里香ちゃん、お人形を置いた時、おまじないって言ってたでしょう。おまじないって何だったの？」

「覚えてない……由里香、覚えてないわ」

「そう……いいんだ、別に。僕も……お祈りしていいかな？」

「勿論《もちろん》！　お花も上げて」

手を合わせた僕の視界に、家から出て来る鷹原氏が映った。僕はそのまま目を閉じる。

「こんにちは。お会い出来て嬉しいですよ」と、氏は言った。

「この下には……」と、僕は言う。

「この墓ですか？　人形ですよ。人形だけです」

静かな声が終わると同時に、一陣の風が黒い糸杉を揺すり、桔梗を散らした。風は山に吸い込まれ、小さな手で花はまた戻される……僕は鷹原氏に一礼すると、館へと向かい、ついで左手の……昔、百合と分け入った草原へと入った。

「淳さん！……」──由里香の声が聞こえたような気がしたが、鷹原氏が留めたのだろう。二人はついて来なかった。

かつて僕の視界を覆っていた丈高い草は、あの当時と同じように生い茂っていたが、その丈は胸元で止まり、濃い緑の中で点々と幻の山百合が大輪の花を開いていった。赤錆《あかさび》の浮いたベンチはあのままで、その上に立つと、林に消えていく百合の姿が見えた。噎《む》せ返るような芳香の百合の花粉が僕の体に一万一千本の鞭跡《むちあと》を付け、僕は銀竜草《ぎんりょうそう》を食べた林に向かった。

糸杉を揺らした風が草原を這《は》い、行く手の林をも揺り動かす……

ふたたび　夏

彼は言った。〝これはラプンツェルの髪の毛だよ〟……長い長い亜麻色の艶やかな糸……〝塔の北側の窓にね、鉄棒にかけておくと王子様が登れるんだ。とっても長いでしょう。ちょうど半分の所に結び目があるからね、そこが鉄棒にかかるように〟……そう言って彼は私の体に腕を回した……〝ほら、こんなふうにね、糸の両端が下の地面に届いていなくちゃいけないよ〟……私は聞いた……〝本当に王子様が来るの？〟……〝そう、言ったとおりにすればね。明日か……明後日か……でも必ず来るよ。これは魔法のおまじないだから〟

私が何故、あの時、覚えていないなどと言ったのか？　彼が本当に王子のように見えたからだ。けれどそれきり王子は現れず、何年も何年も経ってしまった。今の私はもうそれを悲しんでもいない。

今は二〇一〇年……あの時と同じ……夏。

私と父は今日から旅に出る。老朽化したこの家は解体される。一年後……旅から戻った時には東の塔を残して、ここは緑に覆われた山に返っていることだろう。

下で父が呼んでいる。私はたった今、読み終えた紙束を、再び長櫃《ながびつ》の二重底へ元通り返そうかと一瞬迷った。

「由里香……由里香……」父の声が私を呼びながら近付いて来る。私は北の窓から……夏のきらめく光りの中へ、その黄ばんだ汚い紙の束を一気に放り投げた。

「何をしていたの？　こんな所で」

父が戸口に現れた時、きらきらと輝く強い風の中で、鳩たちはまだ舞っていたが、私は背を向けて、父の……最愛の人の胸に飛び込んだ。

今ではあの醜い叔父も、母だと知れた叔母も……あの中に書かれた人たちは誰もいない。

あんなものが何になろう……

叔父からは叔母の死後、パリ消印の絵葉書が一枚きたきりだ。

百合《ゆり》はチュイルリー公園にも咲き乱れていた。

参考文献

かべにえがく―壁画の世界―　絹谷幸二著　ポプラ社
フレスコ讃歌　ゲオルク・ムッヒェ著　澤柳大五郎訳　岩崎美術社
レオナルド・ダ・ヴィンチの手記　杉浦明平訳　岩波書店
英米文学植物民俗誌　加藤憲市著　冨山房
異端の肖像　澁澤龍彦著　桃源社
ジル・ド・レ論　ジョルジュ・バタイユ著　伊東守男訳　二見書房
青髯ジル・ド・レー　レナード・ウルフ著　河村錠一郎訳　中央公論社
聖女ジャンヌと悪魔ジル　ミシェル・トゥルニエ著　榊原晃三訳　白水社
青髯と七人の妻　アナトール・フランス著　大井征訳　岩波書店
彼方　J-K・ユイスマンス著　田辺貞之助訳　東京創元社

解説

深緑野分

まことの美に心を奪われた時、人は言葉を失う。頭が真っ白になってすべてが静止したように感じ、自分と美のふたりきりになった世界で、ただただ陶然とする。そしてはっと我に返った頃、目前の美を讃えようとする言葉の断片が体のあちこちから一気に押し寄せてくるのだが、まるで乾いた砂が指と指の間からこぼれ落ちるかのごとくばらばらになり、どんな言葉も相応しくなく、陳腐に思えてしまう。その結果、「よくわからないけどすごかった」などの無様な感想が口から出てくるか、やたら子細に語ってしまい話し相手を退屈させて、自分で自分に歯がゆい思いをするのだ。

言葉で美を表現するのは難しい。色の名前をたくさん知っていれば絵のどこに何色が使われているかを説明できるが、美の表現とは言いがたい。小説家の苦悩もこれと同じで、人物の感情や行動、風景を言葉にすることを生業《なりわい》としながらも、美の神秘を言語化しようとするたびに、己の力量不足を痛感して悶絶してしまう。

しかし中には、まるで託宣者のごとく神秘を文字に変換し、輝く言葉の錦糸で物語を紡ぎ、読者を魅了してやまない類い稀な小説家たちがいる。そのひとりが、服部まゆみだ。

本書は一九八八年に角川書店から刊行された『罪深き緑の夏』の復刊である。

主人公の少年・淳は、画家である父の〝奥様〟が危篤との報を受け、母に連れられて緑豊かな山奥の別荘地へ赴く。そこではじめて美貌の異母兄・太郎と顔を合わせるが、その冷たい態度に怯み、孤独に過ごす。ある日、淳はふとしたきっかけで父の別荘から山の上へと続く階段を登り、謎めいた洋館、蔦屋敷にたどり着いた。そこで蠱惑的な少女・百合と出会った瞬間から、淳の運命が重く回りはじめる――やがて青年に成長した淳は、父や太郎と同じく絵描きとなる。しかし個展の搬入作業中に画廊が火事になったり、太郎と婚約した百合が太郎の運転する車で事故に遭ったり、何者かが太郎の絵に硝酸を浴びせて台無しにしたりと、不穏な事件が続く。

絡み合う物語の森に迷い込んだ読者は、いったいどこへ連れて行かれるのかと胸を高鳴らせながら、どんどん頁をめくることだろう。とりわけ、読み進めるにつれ徐々に明らかになる登場人物たちの人となりや関係性に引きつけられる。端麗な容姿と才能に名声すらも手に入れた太郎。凡才で酒浸りだが絵を描きたい欲求は誰よりも純粋な山野。情熱と知性を内に秘めた美貌の百合。そして百合の兄で仏語翻訳家兼芸術評論家、耽美主義をそのまま人型に象ったかのような鷹原龍由こと鷹原翔。神秘を求め、美に耽る登場人物たちの、不吉で怪しげに振る舞う姿から目が離せない。

中でも特筆すべきは主人公の淳だろう。両親や家の犬猫からは愛されているが、見た目の醜さや異母兄との明らかな才能の差、百合への叶わぬ恋慕に苦悩し、己を「後ろに控える下男でしかない」と思っている。それでも絵を描きたい、美を捕獲してカンバスに留めたいという欲求には抗えず描き続ける淳の姿は、文芸、絵画、音楽、あらゆる芸術の場において普遍的だ。誰しも名声という名の陽光に焦がれ、美の神から愛されたいと願う――しかし美の神はひどく残酷である。

『罪深き緑の夏』は、美を巡る求道者たちの行動の果てに、ある答えを浮かび上がらせる。緻密に描かれた細部を舐めるように愉しんだ後、一歩二歩と後ろに下がり、全体像を見渡してみるといい。繊細だが歪で大胆な、唯一無二の色価《バルール》を持った絵を目撃するだろう。

これほど芸術に詳しい、ロマンチックで耽美主義的小説が生まれ得たのは、著者服部まゆみ自身が現代思潮社美学校で学んだ、銅版画家だからにほかならない。

太平洋戦争が終結し、復興と共に民主主義、共産党的な「正しさ」の道徳規範が広まりつつある一九五〇年代の終わり、「良俗や進歩派と逆行する悪い本を出す」をモットーに掲げた出版社、現代思潮社が生まれた。刊行した作品は、吉本隆明や埴谷雄高、ドイツ共産党の旗揚げに深く関わりフライコーアに殺害されたローザ・ルクセンブルク、スターリンに粛清されたブハーリンの著作、ドイツ、フランスの哲学書等々、独自の路線を走った。また当時から異端児だった澁澤龍彥が訳したマルキ・ド・サドの『悪徳の栄え』は、警視庁保安課によって猥褻文書の罪に問われ、長期に亘る裁判の最中に多くの文学者が反発し、裁判官が表現の自由の尊重を意見として出すなど、日本の文壇で今も語り継がれる有名な事件となった。

そんな出版社が一九六九年、学園紛争の時代に創立した現代思潮社美学校は、講師に中村宏や赤瀬川原平、中西夏之といった新進気鋭のアヴァンギャルド芸術家を迎え、かの皆川博子も当時「たいそう心惹かれた」（※改版『この闇と光』解説　角川文庫より）ほどのものだったようだ。服部まゆみはこの学校の銅版画教場で学び、加納光於に師事した。

本書に登場する龍由こと翔のモデルが澁澤龍彦であるのは明らかな他、美学校時代の経験が活かされたと思しき箇所が作品の随所に見られる。若き芸術家たちが集まって、デューラーやバーン・ジョーンズなどの絵画、耽美文学談義に花を咲かせ、相手の才能に嫉妬し、憧れ、苦悩する姿は、著者自身が体感したものに違いない。文章から溢れ出るテレピン油のにおい、画学紙に鉛筆を走らせる軽やかな音——私事ながら、解説筆者も若い時分に美術大学受験用予備校で数年学んだ経験があり、油画科の教室で若者が一心不乱に己の絵と向き合い闘う様子を、懐かしく思い出した。

また、美意識を物語に変換する過程で、銅版画の技法を支える硝酸も意識したのではと推測できる。硝酸は有毒だが、銅を浸すと出現する鮮やかな青色は美しいし、体に悪いガスの臭気、黄色く染まった手に、自傷の陶酔と背徳を感じたかもしれない（ちなみに、現在の銅版画は硝酸に代わる安全な薬品が使用されている)。

耽美主義について小学館『日本国語大辞典』を引くと、「十九世紀後半、フランスおよびイギリスを中心に起こった芸術思潮。美を最高の価値と考え、その創造を人生の唯一の目的とする態度。(中略)また、美を真、善の上に置き、時には悪にも美を認めて既成道徳を無視し、反俗的態度に終始した。そこから芸術至上主義、享楽主義などが展開された」とあり、『罪深き緑の夏』では、芸術の作り手である主人公がこれらについて何度か述懐する。

耽美主義者が被ってきた陰の歴史を読者に思い出させるだけでなく、美に選ばれたという優越感がもたらす昏《くら》い愉悦の感触や、命より美を尊び美に耽る行為が持つ、嗜虐の罪深さを描いた物語でもある。耽美、唯美主義は反道徳の視点を持つが、だからこそ悪との葛藤、喪失や滅びと密接な関係を持ち、矛盾に満ち善悪を併せ持つ人間という存在が、より深く掘り下げられるのではないか。本書はその点でも示唆に富む非常に優れた作品だ。

服部まゆみは一九四八年生まれ、一九八七年に『時のアラベスク』で第七回横溝正史賞を受賞し、小説家としてデビューする(単行本の装幀画は本人によるもの)。『罪深き緑の夏』は第二作目にあたり、一九九八年には『この闇と光』で第一二〇回直木三十五賞の候補となった。同回の受賞作は宮部みゆき『理由』となり惜しくも受賞を逸したが、選考委員から幻想的で端正な文章が評価された。

しかし、ここまで耽美だ芸術だと書いてきて何だが、エッセイや対談記事を読むと、服部まゆみ自身はとてもチャーミングな人だったのではと感じる。特に岩波書店の季刊「へるめす」に掲載され、東京創元社刊『時のかたち』に収録された一九八八年から一九九〇年までのエッセイはとてもユニークだ。

テレビ・ゲームが好きで『ドラゴンクエストⅢ』の発売初日に徹夜で並んだとか、RPGはゲーム内で真面目に生きるものだと豪語したかと思えば、『ドラゴンクエストⅠ』の最終ボス前につい〝味方につく〟という不真面目な解答をして、スタートに戻されたとか。ゲーム仲間は近所の小学生で、いつまでもゲームに興じている服部の方が小学生から呆れられたこともあったらしい。

人から「暇だね」と揶揄されれば「私のしたい事といえば〝無駄なこと〟ばかりである」とそっぽを向き、多忙を自慢する風潮を嫌悪して「殊更に〝暇です〟と答えてしまう」と息巻く。『未来少年コナン』にハマり、ジムシーの飼う豚の名前「ウマソー」に衝撃を覚え、動植物を愛し、以前は美しいからと買っていた毛皮や象牙を買わなくなった。刑事ものの予定調和や勧善懲悪が嫌いだが『リーサル・ウェポン』は大好きで、ロマンのない謎を好かず、クロスワード・パズルに〝です〟〝ます〟をつけただけのような小説は読まないが、山口雅也『生ける屍の死』は絶賛する。時には、自分が生きるために摂取する〝命〟の量を考えて愕然とし、当たり前すぎて笑われるだろうがと前置きしつつ、それでも「自分を大事に、他の人を大事に、動物を大事に、そして育む自然を大事に」「自らの生をいとおしみ、他の生をいとおしむ」と書くのだ（それでいて「お肉はやはり美味しい」と葛藤するのが、何とも良い）。

戸川安宣、北村薫、若竹七海の三氏との対談では、小説は「絵が浮かんできて、それを言葉で説明していくという作業」、「……」の多用はうまく言葉に出来なかった部分と表明している。タイトル付けは苦手でいつも書き上がってから苦労し、本書も最初は『ラプンツェル・ラプンツェル』というタイトルをつけようとしたが、結局はご夫君の服部正氏が現在のタイトルを考えたそうだ。

そんな風に、芸術を愛し、美を言葉で巧みに表現した小説を書き、生き生きとしてチャーミングだった服部まゆみは、二〇〇七年八月十六日、肺癌のため逝去した。享年五十八。まだまだ素晴らしい作品をたくさん世に送り出せたはずと惜しくてたまらないが、彼女はもう天の国に旅立たれ、読者は残された作品を大切に読むほかなくなってしまった。

しかし物語は不朽だ。

本作の復活を祝いつつ、これから先も永遠に、この類い稀な美しき小説が読み継がれることを願って、解説の筆を擱《お》きたい。

（ふかみどり・のわき＝小説家）

単行本　一九八八年十二月、角川書店
文庫　　一九九一年三月、角川文庫
本書は角川文庫版を底本とした。

罪深《つみぶか》き緑《みどり》の夏《なつ》

二〇一八年 八 月一〇日 初版印刷
二〇一八年 八 月二〇日 初版発行

著 者 服部《はっとり》まゆみ
発行者 小野寺優
発行所 株式会社河出書房新社
〒一五一-〇〇五一
東京都渋谷区千駄ヶ谷二-三二-二
電話〇三-三四〇四-八六一一（編集）
〇三-三四〇四-一二〇一（営業）
http://www.kawade.co.jp/

ロゴ・表紙デザイン 粟津潔
本文フォーマット 佐々木暁
本文組版 株式会社創都
印刷・製本 中央精版印刷株式会社

Printed in Japan ISBN978-4-309-41627-4

闇の中の系図

半村良　40889-7

古代から日本を陰で支えてきた謎の一族〈嘘部〉。〈黒虹会〉と名を変えた彼らは現代の国際社会を舞台に暗躍し、壮大な「嘘」を武器に政治や経済を動かし始めた。半村良を代表する〈嘘部〉三部作遂に登場！

闇の中の黄金

半村良　40948-1

邪馬台国の取材中に津野田は、親友の自殺を知らされる。マルコ・ポーロ・クラブなる国際金商人の怪しげな動き。親友の死への疑問。古代の卑弥呼と現代の陰謀が絡み合う。巨匠の傑作長篇サスペンス！

日影丈吉傑作館

日影丈吉　41411-9

幻想、ミステリ、都市小説、台湾植民地もの…と、類い稀なユニークな作風で異彩を放った独自な作家の傑作決定版。「吉備津の釜」「東天紅」「ひこばえ」「泥汽車」など全13篇。

日影丈吉　幻影の城館

日影丈吉　41452-2

異色の幻想・ミステリ作家の傑作短編集。「変身」「匂う女」「異邦の人」「歩く木」「ふかい穴」「崩壊」「蟻の道」「冥府の犬」など、多様な読み味の全十一篇。

完本 酔郷譚

倉橋由美子　41148-4

孤高の文学者・倉橋由美子が遺した最後の連作短編集『よもつひらさか往還』と『酔郷譚』が完本になって初登場。主人公の慧君があの世とこの世を往還し、夢幻の世界で歓を尽くす。

最後のトリック

深水黎一郎　41318-1

ラストに驚愕！　犯人はこの本の《読者全員》！　アイディア料は２億円。スランプ中の作家に、謎の男が「命と引き換えにしても惜しくない」と切実に訴えた、ミステリー界究極のトリックとは⁉

花《はな》窗《まど》玻《は》璃《り》　天使たちの殺意

深水黎一郎　41405-8

仏・ランス大聖堂から男が転落、地上80mの塔は密室で警察は自殺と断定。だが半年後、再び死体が！　鍵は教会内の有名なステンドグラス…。これぞミステリー！　『最後のトリック』著者の文庫最新作。

スイッチを押すとき 他一篇

山田悠介　41434-8

政府が立ち上げた青少年自殺抑制プロジェクト。実験と称し自殺に追い込まれる子供たちを監視員の洋平は救えるのか。逃亡の果てに意外な真実が明らかになる。その他ホラー短篇「魔子」も文庫初収録。

怪異な話

志村有弘〔編〕　41342-6

「宿直草」「奇談雑史」「桃山人夜話」など、江戸期の珍しい文献から、怪談、奇談、不思議譚を収集、現代語に訳してお届けする。掛け値なしの、こわいはなし集。

江戸の都市伝説　怪談奇談集

志村有弘〔編〕　41015-9

あ、あのこわい話はこれだったのか、という発見に満ちた、江戸の不思議な都市伝説を収集した決定版。ハーンの題材になった「茶碗の中の顔」、各地に分布する飴買い女の幽霊、「池袋の女」など。

見た人の怪談集

岡本綺堂 他　41450-8

もっとも怖い話を収集。綺堂「停車場の少女」、八雲「日本海に沿うて」、橘外男「蒲団」、池田彌三郎「異説田中河内介」など全十五話。

河童・天狗・妖怪

武田静澄　41401-0

伝説民俗研究の第一人者がやさしく綴った、日本の妖怪たちの物語。日本人のどういう精神風土からそれぞれの妖怪が想像されたかを、わかりやすく解く、愉しく怖いお話と分析です。